바
다
로
떠
난
허
수
아
비

바다로 떠난 허수아비

초판 1쇄   2018년 12월 10일

지은이   임판
일러스트   이하림
발행인   김재홍
교정·교열   김진섭
디자인   이근택

발행처   도서출판 지식공감
브랜드   문학공감
등록번호   제396-2012-000018호
주소   경기도 고양시 일산동구 견달산로225번길 112
전화   02-3141-2700
팩스   02-322-3089
홈페이지   www.bookdaum.com

가격   13,000원
ISBN   979-11-5622-414-3   03810

CIP제어번호   CIP2018035747
이 도서의 국립중앙도서관 출판예정도서목록(CIP)은 서지정보유통지원시스템 홈페이지
(http://seoji.nl.go.kr)와 국가자료공동목록시스템(http://www.nl.go.kr/kolisnet)
에서 이용하실 수 있습니다.

문학공감은 도서출판 지식공감의 인문교양 단행본 브랜드입니다.

바다로 떠난
허수아비

Scarecrow, on a journey to the sea

문학공감

차 례

가을
하늘

밤사이 내린 빗물이 잇달아 강으로 모여들자 물살은 더욱 급해져 나는 강 아래쪽으로 빠르게 떠내려갔다. 내 몸은 강 여기저기에서 바위들에 부딪히기도 했고, 바위가 없는 곳에서는 강둑을 스쳐 지나가기도 했다. 수면 아래에서는 물고기들이 물장구치는 소리가 들려왔다. 넉넉해진 수량을 즐기는지 물고기들은 이리저리 재빠르게 헤엄치면서 바위들에 부서진 거친 물결들과 함께 내 몸을 간질였다.

떠내려가는 동안 내가 할 수 있는 일이라고는 하늘을 올려다보는 게 전부였다. 물결에 흔들리는 내 시선을 따라 가을 하늘은 그네를 타듯이 흔들렸다. 가을 하늘. 나는 가을에 태어났다. 엄밀히 말해서 나는 가을에 태어난 게 아니라 가을을 위해서 태어났지만, 어쨌든 가을은 내가 가장 아끼는 계절이었다. 물결 따라 그렇게 춤추는 가을 하늘에, 구름들은 수를 놓고 참새들은 떼를 지어 구름을 훼방 놓고 있었다.

하늘은 내게, 사람들의 말을 빌려 표현하자면, 때로는 사랑하는 연인이었고 때로는 자랑스러운 친구였다. 물론 하늘 전체가 내 것은 아니었다. 사실 하늘은 내게는 언제나 밀짚모자 아래에서만 존재했다. 눈을 치켜떠도 밀짚모자 위의 높고 청명한 하늘은 볼 수 없었다. 그것은 액자 바깥의 그림처럼 마음속에서 상상으로만 그려졌다. 그런데 오늘은 가을 하늘이 통째로 내 눈앞에 무한히 펼쳐졌다.

가을 하늘이 눈에 가득 들어오자 나는 내 처지도 잊은 채 물 아래서 마음껏 헤엄치는 물고기들이 가소롭게만 느껴졌다. 우쭐해진 나는 거친 물결에 떠내려가면서도 두려움 없이 느긋하게 하늘을 감상했다. 물살은 더욱 거세졌다. 가을을 떠나보내는 비가 여러 시간 내린 까닭이었다. 수많은 작은 개울들에서 흘러온 황토물이 연달아 강에 합류했고, 그 덕에 내 몸은 점점 더 높이 떠올랐다. 참새나 매가 기류를 타고 하늘을 날듯이 나는 물결을 타고 하늘을 날고 있었다.

나는 처음에는 나를 물속에 던져버린 그 아이가 미웠다.

그 아이는 나를 기둥에서 떼어내 괴롭히다가 갑자기 물속에 던져버렸다. 아무 이유도 없이 그냥 재미삼아 그랬다. 하지만 가을 하늘이 다 열리고 내가 자유로워졌다는 생각이 들자 나는 그 아이가 고마워졌다. 강둑 위에 올라선 키가 큰 나무들과 창공에서 군무를 추는 새떼들이 내 눈앞의 액자에 드나드는 것을 보면서, 나는 혼잣말로 그 아이에게 감사의 말을 전했다. 앞으로 어디에 도달할지, 어느 들판에 세워져 낱알을 지켜야 할지, 그런 건 아무 상관 없었다. 하늘은 아름답고 물살은 즐거울 뿐이었다.

가을 하늘 말고도 내 기대를 부풀린 건 바다였다. 벼에 낫질을 하면서 사람들이 바다에 대해 얘기할 때면 궁금증은 절로 자라났다. 여름이 되면 그들은 나는 그대로 내버려둔 채 바다로 떠났었다. 반쪽밖에 보이지 않는 하늘이라 하더라도 하늘은, 그리고 산과 들은 언제나 내 친구들이었지만, 바다는 아니었다. 눈, 비를 맛볼 수 있고 폭풍과 우박도 익숙했지만, 바다는 내게 상상 속에서만 존재했다. 아니 본 적이 없으니 상상조차 제대로 하지 못하고 단지 바다라는 그 이름으로만 존재했다. 그런 상상 너머 속의 바다, 존재 너머이기만 했던 바다를 향해 떠내려가고 있자니, 내 마음은 바람이 가득 들어찬 풍선처럼 부풀어 올랐다.

그렇게 강물에 몸을 맡기고 있을 때만 해도 나는 사람들처럼 내 뜻대로 살고 싶다는 생각을 하지 않았다. 또 내 삶의 주인이 되고 싶다거나 하는 욕심을 가질 이유도 없었다. 자기의 인생과 운명을 스스로 결정하고 싶다는 그런 생각들은, 내게는 사람들만이 가지는 일종의 교만처럼 보였다. 주어진 삶, 사람들이 세워준 기둥 위에 올라서 들판을 바라보는 삶, 가끔은 참새들에게 인상을 찌푸려 속임수를 쓰는 그 정도만으로 충분했다. 또 이렇게 강물에 떠내려가면서 나만의 액자 밖 세상을 구경하는 재미라니. 그러니 그때만 해도 나는 진정한 의미의 '나'라는 관념을 가지고 있지 않았다. 세상을 바라보며 즐기면 되지, 굳이 나는 이렇고 나는 저렇고 하는 생각조차 할 이유가 없었다.

그 여행을 방해한 사람이 바로 그였다.

상당히 큰 지류와 합류하자 내 몸은 떠밀리듯 공중으로 높이 떠올랐다. 롤러코스터를 즐기는 아이들처럼 나는 나도 모르게 중력이 펼치는 재미나는 장난을 기다렸다. 곤두박질치는 전율, 떠올랐다 떨어지고 물에 잠겼다다시 떠오르는 단순한 반복이 빚은 무의식적인 기대감이최고조로 달아올랐다.

하지만 그 기대감은 가장 고조되었을 때 나를 배반해버렸다. 쾌감과 전율 대신 허리를 쥐어짜는 통증이 나를덮쳐 온 것이다. 이어서 내 몸은 공중에서 빙글 돈 다음몇 차례 연달아 부드러운 물체에 내리쳐졌다. 하늘과 강둑과 나무들과 강물이 미친 듯한 속도로 내 액자를 드나들다가 갑자기 멈춰 섰다. 어느 순간 나는 우뚝 선 자세로 멈춰서 있었다.

현기증이 가실 무렵 그 사람이 보였다.

휑한 눈, 그리고 벼의 밑단처럼 뭉텅 잘려나갔다가 다시 자란 수염들이 코 밑과 턱 주위에 거뭇거뭇했다. 며칠이나 씻지 않았을까? 그는 평범했고 초췌했고 불쾌감을느끼게 할 만큼 지저분했다. 그렇지만 그는 내 눈에 익숙한 농부들과는 달랐다. 또 선거철이면 내려와 논밭을오가며 사람들 사이를 서성이던 정치인들처럼 보이지도않았고, 여름방학이면 도시학생들을 데리고 와 농사일의 중요성을 강조하던 학교 선생님의 모습도 아니었다.

특히 눈길을 끈 건 그의 공허한 눈빛이었다. 그는 허수아비인 나보다도 더 텅 빈 눈빛을 가지고 있었다.

"허, 너도 버려진 놈이구나."

그가 툭 내뱉었다.

그는 한 손으로 나를 들고 몇 번이고 그의 다른 손바닥에 두들겼다. 물방울들은 내 몸 여기저기에서 허공 여기저기로 튕겨져 나갔다. 기대감의 상실과 불쾌감과 현기증이 허공 속에서 마구 엉키는 가운데 그의 말 한마디 때문에 여러 가지 의문들이 마음속에서 생겨났다. 그는 왜 나를 강에서 건져냈을까. 그는 이렇게 물살이 센 위험한 강 주변에서 혼자서 뭘 하고 있었을까. 그리고 그의 눈은 왜 허수아비의 눈빛을 지녔을까.

벼를 수확할 때 내보이는 만족스러운 눈빛이나 오랜 시간 일을 하고 난 뒤의 피곤에 싸인 눈빛, 새떼들이 나락을 망쳐 놓았을 때 보여주는 분노의 눈빛, 나는 농부들의 그런 눈빛들에 익숙했다. 사람들은 늘 감정에 충실했고 눈빛은 언제나 의미로 가득 차 있었다. 그게 사람과 허수아비의 다른 점이었다. 그렇기 때문에 얄미운 새떼들도 사람들이 오면 얼른 달아나지만 나 같은 허수아비는 무시하기 일쑤였다. 그런데 그는 그런 허수아비의 눈빛을 가지고 있었다.

하지만 그 사람에 의해 강물에서 건져졌다는 상황을 파악한 순간 나는 그런 의문과 더불어 이제껏 느끼지 못했던 한 가지 강렬한 욕망에 휩싸이고 말았다. 그것은 방금 전까지 내 눈앞에 펼쳐졌던 드높은 가을 하늘을 마음껏 즐기고 싶다는 자유에 대한 소망이었다. 그리고 기대하고 있었던 대로 내 눈으로 직접 바다를 보고 싶다는 갈증과도 같은 욕망이었다.

나는 그때 처음으로 내가 내 스스로의 주인이기를 바랐다. 사람들처럼 내 몸의 주인이 되어 마음먹은 대로 원하는 곳에 갈 수 있기를, 그리고 내 시선의 주인이 되어 무엇이든 내 뜻에 따라 볼 수 있기를, 나는 그때처럼 간절히 바란 적이 없었다. 내 몸은, 그리고 내 시선은 그의 손놀림에 따라 어린아이의 손에 쥐여준 카메라의 앵글처럼 제멋대로 흔들렸다. 그걸 벗어나고 싶었다. 사람들처럼 내 자신의 주인이 되어야 한다는 생각이 바로 그때, 내가 누군가에 의해 건져졌고, 그래서 나는 더 이상 바다를 보러 갈 수 없다는 사실을 알게 된 그 순간, 섬광보다 빠르게 내 몸을 꿰뚫어버렸다.

나는 사람들처럼 내 삶의 주인이 되고 싶었고, 진정한 내가 되고 싶었다.

　강둑에 앉은 그는 한참 동안이나 나를 쳐다보았다. 한두 시간은 그렇게 초췌하고 볼품없는 남자가 시야를 가득 채웠고 정말이지 나는 그에게서 벗어나고 싶었다. 나는 그가 나를 원래대로 강물에 던져버리기를 간절히 바랐다. 아까 나를 때리고 밟고 내던져버렸던 그 아이처럼 그도 나를 그렇게 대해주기를. 그리하여 내가 자유의 항해를 계속 이어갈 수 있기를.

　하지만 그는 그러지 않았다.

　불행인지 다행인지 그는 나를 쥐고 걷기 시작했다. 내가 내 스스로의 주인이 되고 싶다는 생각은 그가 걷기 시작하면서 더욱 커져만 갔다. 그는 내 머리를 땅바닥으로 향하게 한 채 내 다리를 한 손으로 붙잡고 걸었고, 나는 그의 집에 이르는 내내 위아래가 뒤바뀌어 거꾸로 흔들리는 세상을 볼 수밖에 없었다.

　그는 산자락에 위치한 몇 개의 주택 중 하나로 향했다. 벽돌 담장이 둘러싸고 있는 철제대문의 이층집이었다. 담장 위에는 여러 개의 고정식 CCTV가 설치되어 있었고, 담장 너머로 감나무와 라일락나무, 대나무들이 보였다. 그가 집에 도착하기 전부터 개 한 마리가 낑낑거리다 짖는 소리가 들려왔고, 삐걱거리는 소리와 함께 대문이 열리자 작은 오리 사냥개 한 마리가 꼬리를 흔들며 그를 향해 뛰어올랐다. 하지만 그는 야멸치게 오리 사냥개를 밀어내 버렸다.

오리 사냥개의 상아색 털은 먼지와 검댕이 달라붙어 본래의 색깔을 구분하기도 힘들었다. 차갑게 거부당한 오리 사냥개가 나를 향해 코를 킁킁거리면서 다가오자 그는 나를 마당에 던져버렸다. 마당은 잡초투성이였다. 엉겅퀴와 이름도 모르는 여러 종류의 잡풀들이 마음대로 자라 마당을 뒤덮고 있었고, 잡풀들 사이 여기저기에는 크고 작은 대나무 줄기들이 아무렇게나 자라 오르고 있었다.

오리 사냥개가 나를 물고 고기를 뜯듯이 고개를 양옆으로 거칠게 흔들자, 그는 나를 오리 사냥개로부터 빼앗아 마당 한가운데에 자라고 있는 대나무에 옷을 걸듯이 걸어버렸다. 오리 사냥개는 나를 향해 몇 차례 짖다가 껑충거리다가 또 대나무 밑을 서성거리다가 결국엔 제풀에 지쳐 꼬리를 아래쪽으로 감고 현관문 앞에 엎드려버렸다. 그 후로 내 시야는 오직 오리 사냥개와 감나무와 라일락나무, 그리고 이층집으로 가득 찼고, 가을 하늘과 누렇게 익은 나락들이 숨 쉬듯 출렁이는 넓은 들판은 사라지고 말았다.

"아, 나도 사람들처럼 살 수 있었으면…."

나는 나도 모르게 탄식하고 말았다.

나는 사람들이 말하는 절망감이라는 것을 그때 처음 알았다. 시원하게 열린 가을 하늘을 마음껏 즐기며 여행하다가, 느닷없이 낯선 곳에 끌려와 이렇게 하릴없이 대나무에 매달려 있어야 한다니, 사람들이 말하는 악몽이라는 게 바로 이런 것이었다. 오리 사냥개는 나의 탄식에 반응하듯 잠깐 시선을 주다가 다시 검댕 낀 앞발 속에 고개를 파묻어버렸다.

"정말이지 나는 사람들처럼, 내 자신의 주인이 되어 내 뜻대로 살고 싶어."

나는 또 한 번 되뇌었다.

세상에 그보다 더 중요한 것은 없을 듯싶었다. 자기 뜻대로 움직이고, 자기 자신을 위해 행동하며, 누구에게도 의존하지 않고 스스로의 의지대로 살아가는.

으스대는
CCTV를
만나다

"아, 나도 사람들처럼 내 뜻대로 살 수 있었으면…."

나는 그렇게 한탄했다. 그러자 누군가가 내 말에 대꾸했다.

"흠, 넌 아직 네 자신의 주인이 되지 못한 모양이지? 그거 참 안 됐군. 하긴, 세상에는 아직 철들지 못한 친구들이 많으니까."

전쟁터에 다녀온 게 삶의 유일한 자랑거리인 듯싶은 늙은 남자의 목소리, 그 목소리를 듣는 순간 나는 그렇게 느꼈다. 나는 검버섯이 핀 얼굴에 호전적인 눈빛을 가진 늙은 남자를 마음속에 그리면서 목소리가 들려오는 방향을 향해 두리번거렸다. 하지만 그곳엔 아무도 없었다. 눈에 보이는 건 감나무와 라일락나무, 그리고 무성한 잡풀들과 엉겅퀴들뿐이었다. 오리 사냥개는 버림받은 아이처럼 여전히 고개를 파묻고 있었다.

내가 의아해서 계속 두리번거리자 헛기침과 함께 그 목소리가 또 들려왔다.

"흠, 자기 스스로의 주인이 아니라는 건, 자기 뜻대로 살 수 없다는 건, 정말 안타까운 일이지."

마침내 나는 그 목소리의 주인공을 알아내고서는 실소를 터뜨릴 뻔했다. 그는 대문 옆 담장 위에 설치된, 깎다 말고 버려진 사과처럼 곳곳에 페인트가 벗겨지고 붉은 녹을 장식처럼 뒤집어쓴, 낡은 고정식 CCTV였다.

나는 어이가 없었다. 사람의 모습조차 갖추지 못한데다 담장 위에 고정되어 움직이지도 못하는 CCTV가 마치 제 자신이 사람이라도 되는 양 말하고 있다니, 나는 어이가 없었을 뿐 아니라 몹시 화가 나기까지 했다. 난데없이 타인의 손에 붙들려 이런 곳에 와 있는 것도 억울한데 낡은 기계덩어리의 조롱을 받기까지 하다니.

"뭐라고요?"

내 목소리가 카랑카랑 울렸다.

"정말 우습군요. 아저씨는 CCTV일 뿐이잖아요? 사람들이 설치해 놓은 낡은 고철덩어리 주제에 사람행세를 하려 하다니, 우습지 않아요?"

나는 그렇게 생각나는 대로 말해버리고 말았다. 그렇게 화가 난 적은 없었기 때문이었다. 들판에 서 있다 보면 때로는 비바람이 몰아칠 때도 있었고, 때로는 볕이 너무 뜨거워 온 몸이 타는 듯 말라버릴 때도 있었지만, 그런 때에도 나는 이렇게 화가 나지는 않았었다. 또 참새들이 날아와 내 머리 위에 앉아서 지분거리거나 개구리들이 이리저리 뛰면서 나를 툭툭 치고 다닐 때도 이토록 화가 나지는 않았었다.

그렇게 난생처음으로 화가 머리끝까지 치밀어 오른 순간에 사람도 아닌 낡은 CCTV라니, 그는 좋은 화풀이 대상이었다. 물론 그는 그런 말을 들을 만했다. 사람 행세를 하는 CCTV라니. 적어도 나는 사람의 모습을 하고 있었지만 그는 단지 기계에 불과했다. 내가 사람들처럼 내 의지대로 살 수는 없겠지만 그렇다 해도 기계에 불과한 CCTV에 비해 내가 부족할 건 없었다. 나는 아주 잠깐 후회가 들기도 했지만, 비록 내 목소리가 공격적이었다 하더라도 상대방을 깔보는 듯한 CCTV에 비하면 나는 훨씬 예의가 바른 편이라고 얼른 스스로를 합리화해버리고 말았다.

"흠, 과연 그럴까?"

CCTV는 여전히 가슴에 훈장을 단 늙은 군인처럼 으스대며 말했다. 그의 목소리에는 전쟁을 수없이 치른 노련함보다는 고작 한두 번의 전투 후에 세상 모든 전쟁터를 누비고 다닌 사람마냥 허세를 부리는 우쭐함이 배어 있었다.

"이봐, 어린 친구. 물론 내가 사람의 모습을 하고 있지는 않지. 하지만 난 이렇게 세상을 볼 수 있는 눈이 있잖아? 넌 허수아비라 가짜 눈을 달고 있을 뿐이고. 난 사람들처럼 세상을 바라볼 수 있다 이 말이지. 사람들이 보는 방식 그대로 세상을 내 안에 담아내고 있다는 말이야. 바라본 대상을 저장장치에 기억도 하고 말이지. 솔직히 말해서 넌, 왜 내가 사람들처럼 스스로의 주인이 아니라는 건지 그 이유를 댈 수 없을걸."

나는 이미 그 이유를 수만 가지는 머릿속에 떠올리고 있었다. 하지만 그는 틈을 주지 않고 얘기를 이어갔다.

"사람들의 눈도 결국은 내 카메라처럼 시각적 정보를 담아내는 것에 불과하거든. 나도 시시각각 변하는 세상의 모습을 그대로 카메라에 담아 저장하거나 그걸 토대로 정보처리를 하지. 그러니까 나는 사람들과 전혀 다를게 없어. 물론 세상의 본질을 모르는 네가 이런 걸 이해하기는 어렵겠지만 말이야."

CCTV가 카메라를 장착하고 있다 해서 세상을 사람들처럼 보는 능력을 갖췄다고 주장하다니, 나는 그의 어리석음이 우습기만 했다. 그는 생긴 모습만큼이나 단순하게 사람들을 바라보고 있었다. 사람들은 세상을 볼 수 있을 뿐만 아니라 자신의 뜻과 의지대로 행동하며 살아갈 수 있는데, 고작 기계에 불과한 CCTV가 어떻게 사람과 다를 게 없다고 떠드는지 어이가 없는 일이었다.

"흠, 어린 친구. 내 말을 이해하기 어려울 테니 내 예전의 경험담을 하나 들려주지. 알기 쉽게 말이야."

갈수록 태산이었다. 그는 나를 어린아이로 취급하면서 내 동의도 구하지 않고 젊은 시절 무용담에 스스로 취한 노인들처럼 제멋대로 얘기를 이어 나갔다.

"난 예전에 어느 부잣집의 지하실 금고 앞에 설치된 적이 있었지. 내 임무는 물론 금고를 지키는 일이었어. 주인이 없는 사이 누군가 침입해서 금고를 노린다면 큰일이잖아? 그래서 내가 필요했던 거지. 나는 내 눈앞에 침입자가 나타나면 자동소총에 신호를 주도록 되어 있었어. 금고실에 주인 아닌 낯선 사람이 침입하면 나한테 연결된 자동소총에 신호를 주고, 그러면 총이 발사되도록 말이야. 어떻게 보면 내가 발사명령을 내리는 지위에 있었다고 볼 수 있지."

그는 카메라를 눈이라고 표현했다. 그는 모든 일을 자기 위주로 해석하는데 능했다. 경계병이 적의 침투를 알린다고 해서 그게 어떤 명령을 하는 게 아닌데도 불구하고 그는 몇 단계의 비약을 거쳐 자기가 발사명령을 내린다고 표현했다.

"물론 대부분의 일상은 지겨웠어. 매일같이 금고실의 장식 없는 하얀 벽만 쳐다보고 있었으니까 말이야. 하지만 밤이 되면 주인이 내려왔지. 그는 날마다 기막히게 아름다운 보석들을 들고 내려왔어. 가끔은 다발로 묶인 현금도 가져와서 금고에 채워 넣었지만, 보통은 다이아몬드나 루비 같은 훌륭한 보석들이었지. 난 지겨운 일상 속에서도 그런 화려한 보석을 구경하는 게 낙이었어. 아, 물론 우리 어린 허수아비 친구는 세상에 얼마나 많은 종류의 보석이 있는지도 모르겠군."

그는 연거푸 나를 어린 친구라 부르면서 한참 동안 그가 감상했다는 수많은 보석들에 대해 자랑하기 시작했다. 세상에서 가장 단단하다는 다이아몬드와 정열을 상징한다는 붉은 루비를 비롯해서, 사파이어, 에메랄드,

자수정, 산호 등 갖가지 보석들에 대해 떠들었다. 나는 내가 한 번도 보지 못한 진귀한 보석들을 그가 직접 보았다는 사실이 부럽기는 했지만, 그가 나를 어린 친구라고 부르면서 무시하는 것에 대해 어떻게 대꾸해야 할지 생각하며 잠자코 듣고만 있었다.

"그런데 말이야. 아까 말했듯이 난 침입자가 들어오면 나에게 연결된 총에 발사명령을 내리게 되어 있었거든. 물론 주인도 금고실에 들어올 때마다 보안해제를 해야 했지. 만일 해제버튼을 누르지 않는다면 그 짧은 순간에 어떻게 주인인지 침입자인지를 구별할 수 있겠어, 안 그래? 어쨌든 그렇게 몇 달쯤 지났을 무렵 침입자가 들어왔지."

침입자가 들어왔다는 말에 나는, 어느 날 들판에서 매 한 마리가 잡목 사이로 날아와 나락을 쪼는 참새들을 노리며 몰래 숨어있던 장면을 떠올리고는 그만 긴장하고 말았다. 수염처럼 생긴 검은 반점을 가진 그 커다란 매는, 키 작은 잡목들 사이에 꼬리를 숨기고 갈고리처럼 생긴 부리와 잉크를 뿌린 듯한 까만 눈만 살짝 내밀고서 참새를 기다렸었다. 침입자가 들어왔다는 CCTV의 말에 나는 나도 모르게 생명이 또 하나의 생명을 노렸던 그때와 같은 긴장감을 느끼고 말았다. 하지만 CCTV의 태도에 자존심이 상한 나는 그런 감정을 드러내고 싶지는 않았다.

"침입자는 무릎을 굽히며 조심스레 들어왔지. 엎드린 자세로 아주 살금살금 말이야. 물론 해제버튼도 누르지 않았어. 나는 아주 빠르고 정확하게 그가 주인이 아니라는 사실을 알아챘어. 한눈에 말이야. 그래서 내가 어떻게 했겠어, 허수아비 친구? 주인이 그토록 아끼고 나도 소중하게 여기는 보석들을 훔치러 온 도둑이 틀림없는데 내가 어떻게 해야 되겠어? 내 임무는 그런 침입자가 들어왔을 때 자동소총에 발사명령을 내리는 일이었어! 그래서 난 내가 해야 할 일을 하고 말았지."

그의 말투는 여전히 귀에 거슬렸다. CCTV가 사람들처럼 명령을 내리고, CCTV가 사람들처럼 보석을 소중히 여기다니. 하지만 그의 이야기가 점점 흥미를 불러일으키는 것도 사실이었다.

나는 그의 신호에 따라 실제 총이 발사되었는지, 발사되었다면 그 침입자가 다쳤거나 죽었는지 궁금했다. 나에게는 참새들이 떼로 몰려와도 그들을 잠깐 놀라게 할 수는 있지만 생명을 빼앗을 수 있는 능력은 없었다. 그런 점에서는 CCTV가 더 스스로의 주인답고 능동적인 존재일지 모르겠다는 생각도 얼핏 스쳐 지나갔다. 또 만일 내가 지키고 있던 들판의 경계를 따라 그런 자동소총을 설치한다면, 그리고 참새들이 습격해 올 때 내가 발사명령을 내릴 수 있다면, 그게 얼마나 신나는 일일까 하는 엉뚱한 생각도 하고 말았다.

"물론 내 명령을 받자마자 바로 총이 몇 번 발사됐고 몸을 숙이고 들어오던 침입자의 정강이뼈와 무릎이 박살 나버렸지. 침입자는 그 자리에서 쓰러졌고 말이야. 어때 허수아비 친구? 내가 한 행동이 사람들이 하는 행동과 똑같지 않아, 안 그래? 그렇게 경계를 서다가 침입자를 발견하면 발사명령을 내리고 말이야. 그런 점에서 내가 사람과 다를 게 뭐가 있겠어?"

나는 또다시 할 말을 잃고 말았다. 주어진 프로그램에 따라 자기에게 연결된 센서에 신호를 보내는 게 어떻게 사람의 행동과 같다고 말할 수 있는지 정말 어처구니가 없었다. 하지만 한편으로는 그 일만 놓고 본다면 사람이 하는 일과 크게 다를 바 없다는 생각도 들지 않은 건 아니었다. 내가 어떻게 반박해야 할지 망설이는 동안 그는 말문이 막 트인 어린아이마냥 계속 떠들어댔다.

"총이 발사된 후 침입자는 쓰러졌고 침입자의 붉은 피가 하얀 벽에 사방으로 튀었지. 허수아비 친구는 핏물을 본 적이 있나? 붉은 핏물이 하얀 벽에 튀었다가 흘러내린 다음 검붉은 딱지처럼 말라붙은 모습을 생각해 봐. 끔찍한 일이지. 어린 허수아비 친구는 그런 끔찍한 장면을 상상도 하지 못할 거야."

그 얘기를 듣자 나는 날카로운 부리를 가진 매가 어느 날 들쥐 한 마리를 사냥해 먹어치우던 모습이 떠올라 잠시 몸서리를 쳤다. 나는 나도 그런 잔인한 장면들을 여러 번 본 적이 있다고 말하려다가 참고 말았다. 지금은 CCTV의 그런 말재간에 넘어갈 때가 아니었다. 나는, 재산을 지키기 위해 사람의 목숨도 빼앗을 수 있는 사람들이나 CCTV의 모습이, 들쥐나 참새를 사냥하는 매의 잔인함에 비해 조금도 부족할 것이 없다는 생각을 하면서, 그렇다면 논밭에 총을 설치하는 게 꼭 좋은 생각만은 아니라 결론지은 채 잠자코 듣고만 있었다.

"아무튼 아무 장식도 없는 벽면의 유일한 장식을 그 침입자가 해 준 셈이 됐지. 그 후 오랫동안 난 아름다운 보석들 대신 핏물이 말라붙은 그로테스크한 벽화를 보면서 지냈고 말이야. 이곳에 오기 전까지 말이지."

그의 얘기에 따르면 금고의 주인은 보석들을 지키기 위해 금고를 설치했고 경비회사에 맡기는 것만으로는 안심할 수 없어 금고 앞에 CCTV와 자동소총을 설치한 것이었다.

"강도가 들었어요?"

내 궁금증을 풀어주기라도 하려는 듯 멀지 않은 곳에서 중년 여인의 목소리가 들려왔다. 마당 건너편을 차지한 5미터가 넘어 보이는 커다란 감나무였다. 감나무는 잔가지에 셀 수 없이 많은 홍시들을 주렁주렁 매달고 있었다. 그 탐스러운 홍시들을 보고 있자니 집 주인이 홍시들을 그냥 내버려두고 있다는 사실이 안타깝기만 했다. 참새들이 나락을 노리는 것처럼 까치들은 틀림없이 저 홍시들을 노리고 있을 텐데.

"정말로 강도가 들었던 거예요?"

감나무 아주머니는 다시 내 궁금증을 일깨웠다.

"하하, 강도가 들었다면 내가 왜 여기 시골구석까지 쫓겨 왔겠어? 강도라면 쏘아버려도 그만이었겠지."

"아니 강도가 아니면 그 침입자는 누구였어요?"

이번에는 마당의 잡풀들이 성급한 목소리로 웅성거리며 물었다. 이름도 모르는 잡풀들은, 쑥과 잔디, 그리고 하얀 털들이 온몸을 덮고 있는 엉겅퀴들 사이에서 아무렇게나 자라고 있었고, 죽순들도 여기저기서 바닥을 뚫고 올라와 있었다.

"하하하. 그 일 때문에 그 집 주인은 교도소에 갔지. 난 억울하게 이곳에 쫓겨 오게 되고 말이야. 난 내가 해야 할 일을 한 것뿐인데 말이지. 내가 만일 사람들과 동등하게 현명한 판사 앞에서 재판을 받았다면 무죄판결을 받았을 게 틀림없어. 왜냐하면 침입자를 쏘라고 명령하는 건 결코 잘못이 아니거든."

그는 억지 헛기침을 몇 번 하고 나서 얘기를 이어갔다.

"물론 그 침입자는 금고를 노린 게 아니었어. 하지만 그건 불운한 사고였을 뿐이야. 물론 내 책임도 아니고 말이지. 우선은 해제버튼을 누르지 않고 들어온 침입자 본인의 잘못이라 할 수 있지. 그런 금고실에 들어오려면 당연히 보안장치를 해제해야 하지 않겠어? 그런 점에서 일차적 책임은 그 침입자에 있다고 봐야지. 아무리 그 침입자가 금고를 노린 도둑이 아니었다고 해도 말이야."

그는 흥미를 유지하려는 의도였는지 아니면 다른 어떤 이유가 있었는지는 몰라도 선뜻 그 침입자의 정체를 밝히지 않았다. 나는 왜 CCTV가 침입자의 잘못이라는 사실을 그렇게 강조하는지 점점 궁금해져 갔다.

"일단은 침입자의 잘못이 제일 컸던 거야. 게다가 총을 쏜 건 직접적으로는 내 잘못도 아니고 말이야. 난 단지 침입자가 들어오면 신호를 주도록 되어 있었을 뿐이야. 그렇다면 그렇게 프로그램한 사람들의 잘못이지 내 잘못은 아니란 말이지. 또 더 생각을 해보면 말이야. 난 명령체계 속의 일부일 뿐이야. 전쟁을 생각해봐. 상부에서 명령이 내려오면 전투를 해야 되고, 도중에 무고한 민간인이 다치기도 하거든. 안 그래? 게다가 내가 직접 총을 쏘지도 않았어. 발사를 한 건 내가 아니라는 말이야. 난 명령체계 속에서 해야 할 일을 했을 뿐인 거야. 그런 점에서 보면 나를 이곳에 보내버린 사람들도 시시비비를 명백히 가리는 데 실패한 거지. 내 말을 이해하겠어, 어린 허수아비 친구? 하긴 어린 친구들은 이런 시스템과 구조를 이해하지 못하고 오로지 결과만 보고 비난한단 말이야. 그게 바로 어리다는 증거이거든. 과정과 전체를 보지 못하고 결과만 보는 그런 근시안 말이야. 숲을 보지 못하고 나무만 보는 그런 어리석음이지."

그게 바로 어리다는 증거이거든, 그는 그렇게 말했다. 그는 침입자가 누구인지 밝히기 싫어 더욱 나를 향해 비아냥거리는 것 같았다. 그래도 나는 화를 꾹 참고 있었다. 도대체 누구에게 총을 쏘았기에 그토록 책임을 회피하는 말을 계속하는지는 몰라도, 나를 세상모르는 철부지로 취급하는 건 정말 참을 수 없는 일이었다. 비록 CCTV처럼 시각적 이미지를 저장하거나 정보 처리를 할 수 있는 능력은 없었지만, 그렇다고 해서 내가 아무것도 모르는 어린 철부지는 아니었다. 게다가 그런 이유로 CCTV가 사람들처럼 제 스스로의 주인이 될 수 있는 것도 아니었다. 하지만 나는 그 침입자가 누구인지 궁금했기 때문에 우선은 화를 눌러가며 그의 얘기를 듣고만 있었다.

"도대체 누구를 쏘았다는 거지?"

잔디와 잡풀들과 엉겅퀴까지 한꺼번에 웅성거렸다. 하지만 그는 여전히 딴전을 피웠다.

"내가 고작 이런 시골집 잡동사니들을 지키고 있어야 하다니 세상은 너무 불합리하고 불공평하단 말이지. 나처럼 중요한 일을 할 수 있는 존재를 이런 시골구석에 처박아 두다니…."

그는 한 번 더 총질을 하고 싶은 모양이었다. 그가 끊임없이 딴소리를 하면서 침입자의 정체를 밝히지 않은데다, 그가 오직 총 쏘기를 즐기는 전쟁광 같다는 생각까지 들자, 나는 결국 참지 못하고 말았다.

"고작 낡은 CCTV 주제에 아저씨가 무슨 중요한 일을 할 수 있다는 거죠? 아저씨는 오로지 아저씨가 본 세상이 전부라고 생각하는 우물 안 개구리에 불과해요. 세상에는 금고만 있는 게 아니라 들판도 있고, 하늘도 있고, 바다도 있어요. 아저씨는 그저 금고를 들락거리는 보석과 금덩어리만 보고서 그게 세상의 전부라고 생각하는 것뿐이에요. 그 점만 보더라도 아저씨는 스스로의 주인이 되기에는 한참 부족한 존재인 거죠. 아저씨는 사람들에 의해 금고만 쳐다보도록 설치됐고 그렇게 사람들이 설치한 대로 시키는 일만 했던 거예요. 그런데도 아저씨가 사람들처럼 스스로의 주인이라고 할 수 있겠어요?"

나는 그 정도의 반격이면 그가 더 이상은 반박을 할 수 없을 줄 알았다. 오직 금고만 쳐다보고 사는 게 주체적인 삶이 아닌 건 틀림없으니 말이다. 하지만 그의 반응은 예상과는 달랐다. 내 예측은 마치 들판에서 개구리가 어디로 뛸지 예측했을 때처럼 보기 좋게 어긋나 버렸다.

"흠, 글쎄, 과연 그럴까? 이거 봐, 어린 허수아비 친구.

그 점에서 내가 사람들과 다르다고 생각해? 세상 사람들을 잘 살펴봐. 그들은 모두 다 한 쪽 방향만 바라보고 살 뿐이야. 겉으로는 하늘을 보고 바다를 보고 그렇게 다양한 방향으로 살아가는 것처럼 보이겠지. 하지만 자세히 들여다보면 그들은 사실 자신들 앞에 놓인 성공과 출세만을 쳐다보고 있을 뿐이야. 그런 점에서 보면 내가 한쪽 방향만 보고 있었다고 해서 사람들과 근본적으로 다르다고 말할 수는 없을걸. 암, 그렇고말고."

생각해 보면 그 말이 다 틀린 것도 아니었다. 게다가 사람들은 모내기를 하면서, 김을 매면서, 나락을 베면서, 늘 자기주장을 내세울 뿐 다른 사람의 생각이나 의견은 무시하기 일쑤였다. 그러니 사람들이 한쪽 방향만 바라본다는 CCTV의 말이 꼭 틀리지만은 않을 것 같았다. 하지만 그렇다 해서 금고실 벽만 쳐다보고 살았던 그가 사람과 같을 수는 없었다.

"하지만 아저씨는 사람들과 달리 금고 뒤를 돌아볼 수도 없잖아요. 아저씨는 오로지 한 방향만 바라볼 수 있었을 뿐이란 말이죠. 사람들이 설치한 그대로 말이에요."

나는 참새들이 떼로 몰려와 나의 존재를 무시했을 때처럼 일부러 눈을 사납게 뜨고 말했다. 하지만 그는 여전히 자신의 처지를 인정하지 않으면서도 한편으로는 사람들에게 책임을 떠넘기는 데 급급했다.

"물론 나는 금고 뒤를 돌아볼 수 없었지. 하지만 그건 나를 그렇게 설치한 사람들의 잘못이지, 내 잘못은 아니야. 또 그런 사람들의 잘못 때문에 그 날도 엉뚱한 사람이 다치게 되었고 말이야."

엉뚱한 사람이라는 말에 엉겅퀴와 잡풀들이 다시 한 목소리로 웅성거리기 시작하자 CCTV는 결국 모든 것을 털어놓았다.

금고 주인의 가정은 그 사건으로 인해 풍비박살이 나고 말았다. 아이러니하게도 금고 주인이 가장 소중하게 여겨야 할 대상들은 금고 안이 아니라 금고 밖에 있었다. 그의 가족들이야말로 그의 삶의 희망이자 기쁨이었고 금고를 설치할 근원적인 이유였지만 그 사건으로 인해 결국은 금고를 위한 희생양이 되고 말았다.

특히나 그의 딸은 그의 인생에 있어 가장 아름다운 빛이었다. 주말이면 유모차에 태워 공원을 산책했고, 걸음마를 떼고 나서는 아빠를 따라 동요를 흥얼거리며 뒷동산을 오르던 그의 첫아이는 그 사고로 침대와 휠체어에서만 몇 년의 시간을 보내야 했다. 오랜 기간 세계 최고라는 병원에서 줄기세포치료까지 받았지만 소녀는 끝내 완전히 회복하지는 못했다. 오른쪽보다 몇 cm 짧아진 왼쪽 다리, 인공관절이 대체한 무릎관절. 소녀는 이제 아빠를 따라 뒷산에 올라가기도 힘들었고 그걸 원하지도 않았다. 이제는 남들 앞에서 불편한 다리를 내보이기 싫어했고, 또 휠체어에서 키운 미움의 감정으로 아빠에 대한 사랑의 감정을 몰아내 버렸다.

"아니 그럼 그 집 딸아이가 다쳤단 말이에요?"

감나무 아주머니였다. CCTV는 헛기침만 서너 번 연달아 했다. 나는 어처구니없는 사고의 결과에 너무 놀랐고 집안에 그런 무시무시한 무기를 설치한 금고 주인에게도 화가 났지만, 무엇보다도 CCTV가 그저 사람들의 명령을 따르는 한낱 기계일 뿐이기 때문에 그런 사고가 난 것이라 생각했다.

그 집 아이에게 총을 쏘았다는 말에 모두들 웅성거리며 아이와 어른조차 구별 못하는 어리석은 기계라고 CCTV를 비난했지만, 그래도 그는 여전히 책임을 인정하기 싫어하는 고집 센 노인이었다. 그는, 만일 자신이 뒤를 돌아볼 능력을 가졌다면, 또 그 아이가 금고주인의 아이라는 사실을 알았다면 그런 명령을 하지는 않았을 테니, 결국 그 사고는 자기를 한쪽 방향으로 설치한 사람들의 어리석음 때문이라고 발뺌을 했다.

그러면서도 그는 자기가 사람들을 닮아 뒤를 돌아보지 못했다며, 사람들도 소녀의 아빠처럼 뒤를 돌아보지 않고 앞만 보며 살아갈 뿐이라는 엉터리 궤변을 잇달아 늘어놓았다. 또 그는 사람들이 어른과 아이를 구별하지 못하는 것처럼 자신도 그 순간 실수로 어른과 아이를 구별하지 못했을 뿐이라고 덧붙이기까지 했다. 사람들은 어린아이인 줄 알면서도 노예처럼 일을 시키고 어린아이인 줄 알면서도 성적 착취를 하고 있지 않느냐고 되물으면서.

댈 수 있는 온갖 이유를 갖다 붙이면서 책임 회피의 말을 끝없이 이어가는 CCTV의 변명에 지쳤는지 감나무 아주머니가 화제를 돌리고 말았다.

"그런데 아무리 금고 주인이 잘못을 했다고 하더라도 딸아이가 그렇게 크게 다쳤는데 아빠를 교도소에 보냈다는 말인가요? 내 말은, 자식이 그렇게 다친 것만으로도 충분히 고통을 받았을 텐데, 그런 사람에게 교도소를 보내는 처벌까지 했냐 이 말이에요."

감나무 아주머니의 말에 일리가 있었다. 아무리 금고 주인이 보석과 돈밖에 모르는 사람이었다 하더라도, 자식이 불구가 되었다는 사실만으로도 이미 처벌을 받은 만큼이나 큰 고통을 받았을 텐데 말이다.

"흠, 그게 참 묘한 일이야. 사실은 금고 주인은 그의 아내 때문에 처벌을 받았지."

소녀의 엄마인 그의 아내가 남편의 처벌을 강력히 원하고 나선 탓이었다. 그녀는 경찰과 법원에 남편을 처벌해 달라고 탄원을 냈다. 아내의 말에 의하면, 그는 가족은 모른 체하고 오로지 돈만을 위해 살아온 사람이었다. 그리고 아내 자신도 자식을 죽일 뻔한 남편과는 더 이상 함께 살아갈 수 없다는 것이었다. 결국 그는 아이를 불구자로 만든 데 더해 아내와 헤어지기까지 했고, 그 후로 몇 년 동안 교도소에 복역한 후 거의 폐인이 되었다고 했다.

CCTV는 얘기를 마치더니 목소리에 더욱 힘을 주었다.

"이봐, 친구. 그 사람과 내가 뭐가 다르다고 할 수 있겠어? 그 사람이나 나나 앞만 보고 살았던 건 마찬가지잖아. 내 눈이 한 곳만을 바라본다 해서 왜 내가 내 삶의 주체가 아니란 말이지? 안 그래, 허수아비 친구?"

나는 잠깐 말문이 막혀 버렸다. 어떤 면에서는 그의 말에 일리가 있었다. 비유적으로 말한다면 사람들 역시 주위나 뒤를 돌아보지 않고 앞만 보며 살고 있는 것 같았다. 그러니 그 점에서는 CCTV가 사람과 아주 다르다고 할 수만은 없었다. 하지만 그걸로는 턱없이 부족했다. 누가 보아도 사람들은 CCTV가 자랑하는 시각정보에 기초한 감시활동을 넘어 훨씬 복잡하고 다양한 삶을 살아가고 있었다. 세상을 볼 수 있다는 점만 따진다고 하더라도 사람들이 보는 세상과 CCTV가 보는 세상은 완전히 다를 것 같았다. 더 나아가 사람들은 CCTV와 같이 단지 센서에 연결되어 정해진 명령만 내리는 것과는 전혀 다른 삶을 살았다.

나는 그걸 어떻게 말해줘야 할지 생각해 보았다. 나는 그럴듯한 반격으로 저 으스대는 CCTV의 코를 납작하게 해주고 싶었다. 엉뚱한 사람을 다치게 했던 경험 외에는 아무런 자랑거리도 없는 그를, 반박할 여지조차 없이 눌러주고 싶었다.

애완견

그랬다. 내가 알고 있는 사람들의 삶은 CCTV처럼 정해진 프로그램대로만 사는 게 아니었다. 그것을 딱 꼬집어 뭐라 말해줘야 CCTV가 자신의 처지를 깨닫게 될지 이런저런 생각을 해 보는 사이 다시금 감나무 아주머니의 목소리가 들려왔다.

　"허재비야, 그런데 너는 왜 사람이 되고 싶니?"

　그녀는 나를 허재비라는 촌스러운 이름으로 불렀지만, 그 순간은 그게 중요한 문제는 아니었다. 그보다는 나는 그 질문내용에 혼란스러워졌다. 나는 사람들처럼 내 의지대로 살고 싶었지만 그렇다고 해서 꼭 사람이 되고 싶은 건 아니었다. 나는 단지 내 마음대로 움직이고 내가 세운 계획대로 살 수 있기를 바랄 뿐이었다. 오늘처럼 가을 하늘을 보고 싶으면 실컷 가을 하늘을 바라보고, 바다에 가고 싶으면 언제라도 바다에 갈 수 있는 그런 존재이면 되지 꼭 사람이 될 필요는 없었다.

하지만 조금 더 생각해 보면 사람들 외에는 그런 존재가 없을 것 같기도 했다.

"글쎄요, 꼭 사람이 되고 싶다는 게 아니라 사람들처럼 내 삶의 주인이 되고 싶은 거라 할 수 있어요. 가을 하늘을 보고 싶으면 언제라도 하늘을 올려다보고 바다에 가고 싶으면 언제라도 바다를 향해 갈 수 있는 그런 존재 말이에요. 제 뜻대로 살아가는 거죠. 오늘처럼 제 의지와 상관없이 이렇게 끌려와서 사람 행세를 하는 낡은 CCTV를 만나는 그런 삶이 아니라, 바로 나 자신의 삶 말이에요."

나는 아직도 CCTV에게 화가 많이 나 있음에 틀림없었다. 나는 어떻게든 CCTV가 사람에 비길 만한 존재가 아니라는 사실을 세상에 알리고 싶었다.

감나무 아주머니는 되풀이해서 물었다.

"허재비야, 그런데 너는 왜 그런 욕심을 내는 거니? 그런 욕심 대신 그냥 주어진 너의 삶을 즐기면 되지 않을까? 나를 보렴. 나는 벌써 수십 년 동안 감을 열면서 늘 같은 자리에 서 있지만 바다를 보고 싶다는 생각을 해본 적은 없단다. 도대체 바다라는 게 너한테는 왜 그토록 중요하니?"

감나무 아주머니는 세상 경험을 많이 해 보지 못했음에 틀림없었다. 나처럼 강물에 떠다니며 세상 구경을 해보았다면, 그리고 들판에 서서 수많은 사람들의 이야기를 들어보았다면, 그렇게 쉽게 바다를 보고 싶지 않다고 말할 수는 없었을 텐데. 나는 감나무 아주머니에 대한 연민 속에서 내 생각을 이야기하기 시작했다.

"왜냐고요? 그건 너무도 당연한 거니까요. 가고 싶은 곳을 갈 수 있고, 또 내가 하고 싶은 것을 할 수 있다는 게 얼마나 중요한 일이겠어요? 이렇게 대나무에 걸려서 하염없이 저 지저분한 오리 사냥개와 제멋대로 자란 잡풀들을 바라보고 있지 않아도 되잖아요. 생각해보세요. 이런 상태로 누군가가 나를 구해주기를 마냥 기다린다는 게 얼마나 끔찍한 일인지 말이에요."

하지만 감나무 아주머니는 내 말을 전혀 이해하지 못했다. 적어도 내가 보기에는 그랬다. 그러면서도 그녀는 마치 잘 알지도 못하는 10대 아이들의 행동을 다 이해한 척하는 여느 엄마들처럼 굴었다.

"글쎄다. 허재비야, 나는 네 말을 전부 이해한다만, 사람들은 사실 자신의 의지대로 살아가는 게 아니란다. 겉으로만 그렇게 보일 뿐이지, 사실 그들은 자기 인생을 전혀 결정하지 못하면서 살고 있단다."

으스대는 CCTV보다는 나았지만, 나는 세상의 모든 이치를 다 깨달았다는 듯이 설교조로 이야기하는 감나무 아주머니의 고리타분한 태도도 마음에 들지 않았다. 그리고 보니 이 집에 있는 존재들은 하나같이 들판에서 나락을 해치는 참새나 들쥐보다도 성가신 존재들 같았다.

"글쎄요, 그렇다 하더라도 감나무 아주머니는 저처럼 이렇게 대나무에 걸려있지는 않잖아요. 아주머니는 적어도 가을이 오면 아주머니가 원하는 만큼 붉은 감 열매를 맺고 있지 않나요? 저를 보세요. 저는 오늘 가을 하늘을 마음껏 즐기면서 여행을 하고 있었어요. 이 집 주인아저씨가 묻지도 않고 자기 마음대로 저를 들어 올려 이곳에 데려오기 전까지는 말이죠. 저는 정말로 바다를 보고 싶었어요. 아주머니, 저는 제 뜻대로 살고 싶고 제 자신의 운명을 개척하고 싶어요. 그런데 아주머니는 이런 생각들을 이해하지 못하는 것 같아요."

나는 되는 대로 말해버렸고 나도 모르게 내 본뜻을 넘어버리고 말았다. 나는 단지 하늘과 바다를 마음껏 보고 싶었을 뿐, 사실 운명을 개척하는 데 관심을 가지지도 않았다. 하지만 하늘과 바다를 감상할 자유도 없이 한 곳에 매달려 있어야 하는 게 내 운명이라면 나는 다른 운명을 개척하고 싶었다.

"허재비야, 너는 자유롭고 싶어서 사람이 되기를 원하지만 사실 사람은 자유로운 존재가 아니란다. 사람들이 나이가 들어 보다 현명해지면 가장 먼저 알게 되는 사실이 뭔 줄 아니? 바로 세상일이 자기 뜻대로 되지 않는다는 거란다. 이것저것 원하는 게 많지만 대부분 자신의 뜻대로 되지 않는단 말이지. 오히려 자기 뜻과는 반대되는 것들을 참아가며 살아가야 한단다. 사람들이 어떤 일에 대해서 말할 때, 다른 사람들과의 관계 때문이라거나 가족 때문이라거나, 혹은 운명을 거스를 수 없다고 말할 때, 그게 다 자기 인생의 주인다운 삶을 살지 못할 때 사람들이 하는 말이란다."

감나무 아주머니가 이것저것 사람들에 대한 얘기를 들려주기 시작하자 나는 잠자코 들을 수밖에 없었다. 들판에만 서 있었던 나와는 달리 감나무 아주머니는 사람들에 대해 많은 걸 알고 있었다. 내가 알고 있는 것은 주로 매와 참새의 습성, 그리고 들쥐나 개구리, 여치가 움직이는 모습뿐이었지만, 그녀는 사람들의 가족에 대한 이야기, 직장생활이나 성공과 실패 등에 대해서 많은 것을 알고 있었다.

"허재비야, 사람들은 말이야. 내 나뭇가지에서 탐스럽게 잘 익은 홍시를 땄다고 해도 그걸 자기 마음대로 먹을 수도 없단다. 때로는 가족들에게 양보하거나 때로는 시장에 내다 팔아야 하거든. 사람들 대부분이 다른 사람 밑에서 시키는 대로 일을 하면서 월급을 받아 살아가는 걸 너는 모르지? 그렇게 하지 않으면 사랑하는 가족들이 배를 곯게 되거든. 직장상사가 아무리 못되게 굴어도, 또 아무리 힘든 일을 시켜도 참고 살아가야 하는 거지. 그런데 그보다 더 심한 게 뭔 줄 아니?"

사람들이 남의 눈치를 보면서 살아간다는 건 내게는 새로운 사실이었다. 가을 들판에서 벼를 수확할 때 사람들이 보여준 즐거운 표정들, 논둑에 앉아 맛있는 새참을 먹고 술 한 잔에 노랫가락을 흥얼거리는 모습들이 내가 본 사람들의 모습이었다. 내가 보았던 사람들은 감나무 아주머니가 말한 사람들과는 전혀 다른 세상을 살아가는 것처럼 느껴졌다.

"허재비야, 그보다 더 심한 건 말이지. 사람들이 남들이나 세상에 대해서는 물론이고 자기 마음조차 뜻대로 움직이지 못하면서 살고 있다는 사실이란다. 어떤 생각을 할 것인지, 어떤 희망을 품을 것인지, 하는 그런 것들조차도 자유롭게 선택하지 못한다는 뜻이란다. 허재비야, 네 눈에는 그런 게 모두 다 사람들이 스스로 선택한 것처럼 보일 거야. 하지만 전혀 그렇지 않단다. 사람들의 희망도 사실은 타인의 희망이거나 사회와 관습이 준 욕망을 받아들인 것에 불과하거든. 사람들은 생각조차도 다른 사람들이 하는 걸 그대로 따라하고 있을 뿐이란다."

나는 감나무 아주머니의 말이 틀렸다고 생각했다. 사람들의 삶이 다른 사람들이나 사회에 의해서 결정된다고 하더라도 희망이나 생각만큼은 스스로에 의해 선택되는 게 당연했다. 감나무 아주머니의 말은 옳지 않았다. 누구도 사람들에게 어떤 희망을 가지라고 혹은 어떤 생각을 하라고 강요하지는 않을 테니까.

나는 자신은 없었지만 용기를 내어 말했다.

"그래도 사람들은 생각만큼은 스스로 하면서 살고 있

지 않을까요? 자기 생각에 따라 말이에요. 사람들이 아주머니 말만큼 그렇게 의존적이지는 않을 거예요. 허수아비인 저를 보세요. 제 몸 하나 마음대로 할 수가 없잖아요? 하늘을 바라보고 싶어도 사람들이 방향을 틀어주지 않으면 볼 수가 없는 걸요. 바다에 가고 싶어도 누군가가 강물에 던져주지 않으면 갈 수도 없고 말이죠. 참새들을 제대로 혼내주고 싶어도 몸을 움직일 수 없으니 그럴 수도 없어요. 혼자서는 아무것도 할 수 없는 이렇게 의존적인 존재는 저 말고는 세상에 더는 없을 거예요."

나는 그렇게 말하고는 긴 한숨을 내쉬었다. 감나무 아주머니도 그 말에 대해서는 뭐라 위로하기 어려웠는지 잠시 동안 말이 없었다. 아무리 사람들이 꿈과 희망조차 남들이 심어준 대로 살아간다 하더라도 남의 도움 없이는 꼼짝도 하지 못하는 내 처지보다는 나은 게 틀림없었으니 말이다.

감나무 아주머니가 위로의 말을 찾지 못하는 사이 앞쪽에서 어린아이의 목소리가 들려왔다.

"허수아비 형은 사람들의 삶이 부럽기만 한 모양이죠? 하지만 제가 지켜본 사람들의 모습이나 주위에서 들은 얘기에 비하면 차라리 허수아비 형이 행복해 보이는 걸요."

방금 전 나를 물어뜯으려 안달하던 바로 그 어린 오리 사냥개였다. 나는 나를 이빨로 물고 흔들 때 출렁거렸던 오리 사냥개의 볼살과 커다란 귀를 잠시 쏘아보다가 마지못해 말을 받았다.

  "글쎄, 그렇다고 해도 사람들이 너와 나처럼 의존적인 존재는 아니잖아. 나도 그렇지만 너도 네 모습을 한 번 돌아보렴. 사람들이 채워 준 목줄을 하고 있고 사람들이 그 목줄을 끌면 그대로 끌려가야 되는 신세 아니니? 그런 네가 사람들이 행복하지 않다고 말할 자격이 있을까?"

  그러자 오리 사냥개는 자기와 같은 애완견이 사람에게 의존해서 사는 게 아니라 오히려 사람들이 애완견에게 의존하며 살아간다는 터무니없는 주장을 하기 시작했다. 오리 사냥개가 짖을 때마다 얼굴을 다 덮을 만큼 커다란 두 귀가 펄럭이는 모습은 그나마 재미있었지만, CCTV와 감나무 아주머니에 이어 오리 사냥개까지 수긍하기 어려운 얘기를 거듭하자 나는 정말 어떻게 반응을 해야 할지 답답할 뿐이었다. 내가 대꾸를 하지 않자 오리 사냥개는 마냥 신이 났는지 사람들이 애완견인 자기들에게 의존하는 건 물론이고 더 심한 경우도 많다고 떠들었다.

오리 사냥개는 자기를 돌봐주지 않는 주인에 대한 원망을 그런 식으로 쏟아내는 것 같았다. 때와 검댕이 엉겨 붙은 오리 사냥개의 모습을 보고 있자니 주인을 원망하는 심정도 충분히 이해할 수는 있었다. 하지만 내가 그런 어리석은 얘기에 공감할 정도로 바보는 아니었다. CCTV의 얘기는 어느 정도 논리적인 면이라도 있었지만 오리 사냥개의 얘기는 제 앞가림도 못하면서 남 걱정만 앞서는 어리석음에 불과했다.

내가 시큰둥하게 대꾸하자 오리 사냥개는 또 한 번 늘어진 볼살과 커다란 귀를 양옆으로 흔들더니, 오래 전 어느 늙은 개로부터 전해 들었다는 누렁이 한 마리와 그 누렁이에게 인생의 중요한 결정을 맡긴 어리석은 여인, 미순에 관한 믿기 어려운 얘기를 늘어놓기 시작했다.

구멍가게 담장 옆 판자로 만든 허술한 집이 누렁이가 사는 곳이었다. 대충 박다 만 대못들이 삐죽삐죽 드러난 지붕을 빛바랜 호박잎들이 장식했고, 호박 줄기들은 붉게 녹슨 사슬과 얽혀 자라고 있었다. 목줄을 채운 누렁이는 1미터도 되지 않는 짧은 사슬에 매여 누워 있었고, 모서리 우그러진 놋쇠그릇 하나만이 친구처럼 누렁이의 곁을 지켰다.

　부쩍 키가 자란 누렁이는 미순을 보자마자 사슬이 당겨지는 금속성 소리와 함께 뛰어올랐다. 절뚝거렸던 뒷다리 쪽을 살피려 옆쪽으로 다가섰지만 누렁이는 계속해서 꼬리를 흔들며 껑충거렸다. 미순이 가져온 고기를 던져 주자 누렁이는 거기에 정신이 팔렸고 미순은 그사이 다리 쪽을 살폈다. 누렁이는 이제 상처가 말끔히 나은 듯했고, 고기를 먹어치우자마자 다시 미순을 향해 뛰어오르는 걸 보면 다리를 다쳤던 기억조차 잊어버린 듯했다.

　구멍가게 주인이 누렁이를 발로 걷어차 버린 날, 미순은 남편과 함께 외식을 다녀오던 길이었다. 남편이 전날 밤 미순에게 손찌검을 한 후 사과의 의미로 제안한 외식을 다녀오는 길에, 여전히 남편의 눈길이 싫어 미순이 바깥을 바라보았을 때, 누렁이는 꼬리를 흔들며 뛰어오르다가 주인에게 걷어차이고 있었다. 날카로운 비명소리를 뒤로 남긴 채 누렁이는 절뚝거리며 판잣집 안에 몸을 웅크렸다. 그 후로 누렁이는 한동안 다리를 절었고 누렁이의 그 모습이 미순에게 동병상련의 감정을 느끼게 했다. 미순도 누렁이와 같은 경험이 있었기에 그랬다.

고기를 다 먹은 누렁이가 미순의 손끝을 쳐다보는 모습에 미순은 그녀의 아버지와 동생이 떠올랐다. 아버지와 동생은 미순의 손끝이 아니라 남편의 손끝에 관심이 많았다. 새벽같이 인력시장을 나가던 아버지는 이제는 남편이 운영하는 건설회사의 현장소장 일을 하고 있었고, 군대를 다녀와서 이렇다 할 직장을 구하지 못하고 하릴없이 놀던 동생도 지금은 남편 덕에 제법 말쑥한 직장인 티가 났다. 미순은 고개를 세차게 가로저으며 몇 걸음을 더 내려가 택시를 불러 세웠다.

중학교 동창인 정화의 분식집에는 학생들의 왁자지껄한 수다와 고소한 기름 냄새가 어지러이 뒤섞여 있었다. 친구들의 인사를 건성으로 듣고는 미순은 가게를 이

모저모 둘러보았다. 대여섯 평 정도의 규모에 네 사람이 몸을 비비고 앉을 수 있는 조그만 탁자 네 개, 선반을 낮춰놓은 듯 벽에 붙은 길쭉한 식탁 앞에 다섯 개의 의자가 놓여 있었다. 깔깔거리던 여고생들이 자리를 뜨자 하교하는 초등학생들이 들어왔고, 그사이 정화는 주문을 받고, 김밥을 말고, 썰고, 음식을 나르느라 친구들 사이에 낄 틈도 없었다.

이만한 분식집이라면 미순도 혼자서 충분히 아들을 키울 수 있을 것 같았다. 정화는 남편이 암으로 사망한 후 분식집을 차렸다. 친구들은 그런 정화를 안타까워했지만 미순은 내심 정화가 부러웠고 정화를 안타까워하는 그 친구들도 부러웠다. 남편의 죽음을 바라는 아내의 마음은 아무에게도 말할 수 있는 것이 아니었다. 처음 그런 생각이 들었을 때 화들짝 놀랐던 미순의 마음은 점점 무덤덤해지더니 나중에는 오히려 간절해지기 시작했다. 매질하는 남편보다 더 못되고 위험한 그 생각은 이제 남편의 손길이 아들을 향하기 시작하자 아무런 죄의식도 없이 미순의 마음속에 단단히 자리잡아버렸다.

물론 그런 행운이 쉽게 찾아올 리는 없었다. 그 대신 미순이 아버지에게 어렵게 이혼 얘기를 꺼내자 아버지는 부녀지간의 인연을 끊겠다며 펄펄 뛰었다. 온 가족의 생명줄이 미순의 남편이라는 말과 함께 젖먹이 아들을 숨기고 결혼한 여자를 용서하며 사는 남자는 성인군자라고 목청을 높였다. 아버지의 말을 따르자면 남편은 갈 곳 없는 미순 모자母子를 구원한 예수였고 아버지와 동생을 가난에서 탈출시킨 모세였다. 구원해 주었으니 마음껏 학대해도 되느냐고 따져 물어도 아버지는 아예 마음의 귀를 닫아버렸다.

귀갓길에 들른 슈퍼마켓의 애견용품 진열대 앞에는 애완견의 먹이와 껌을 고르는 사람들이 있었다. 저 사람들은 품종 좋은 애완견을 사슬도 없이 키우겠지, 하는 생각이 들자 미순의 눈꼬리가 저도 모르게 길어졌다. 애정을 듬뿍 받는 털이 곱슬곱슬한 애완견들을 떠올리자 미순은 화가 치밀어 올라 고기깡통 몇 개를 쇼핑바구니에 쓸어 담았다. 깡통을 장식한 골든리트리버의 사진이 누렁이와 어울리지는 않았지만 그렇다 해도 누렁이는 좋은 먹이를 먹어야 할 중요한 이유가 있었다.

쇼핑바구니를 들고 돌아설 때 미순의 뒤쪽으로 큰 키에 마른 듯한 남자가 지나쳐갔다. 어금니를 깨물고 있는 듯한 그 인상을 보자 미순의 등이 식은땀으로 축축해지기 시작했다. 다행히 계산대 근처에는 그 남자가 보이지 않았지만 미순은 심장이 오그라드는 것만 같았다. 남편 모르는 외출을 들키기라도 하면 이번에는 다리가 아니라 목이 부러질지도 모른다는 생각까지 들었다. 두려움이 미순의 머릿속에서 어지러이 곡예를 넘는 바람에 혼자서 분식집을 할 수 있을까 하는 걱정은 어느새 저만치 달아나 버렸다. 가슴은 내리 두근거렸고 맥박 뛰는 소리는 몸 안에서 천둥을 쳤다. 온몸의 신경이 곤두선 채로 미순은 재빨리 마트를 빠져나왔다.

두려운 마음은 한 번 들기 시작하자 걷잡을 수 없이 커졌다. 미순은 지하철 안에서도 쉬지 않고 주위를 둘러보았다. 몇 걸음 떨어진 곳에서 또 어금니를 깨문 듯한 인상의 남자가 신문을 보고 있었다. 미순은 그 남자가 쳐다볼까 조마조마했다. 남자는 신문을 접어 선반 위에 올리더니 두리번거리기 시작했다. 이윽고 그의 눈길이 미순을 향하자 어금니를 꽉 깨문 듯 턱을 당긴 모습 위로 남편의 얼굴이 겹쳐졌다. 정신이 혼미해지면서 미순은 들고 있던 쇼핑백을 바닥에 떨어뜨렸다. 쿵 하는 소리에 사람들이 놀라 쳐다보자 미순은 얼른 쇼핑백을 집어 들고 지하철 문이 열리자마자 허둥지둥 내려버리고 말았다.

택시는 유난히도 천천히 달렸다. 미칠 것 같은 조바심
에 미순은 몇 번이고 "빨리요, 아저씨!"를 외쳤지만 백발
이 성성한 택시기사는 십계명이라도 되는 양 모든 교통
신호를 지켰다. 택시는 느렸고 시간은 빨리 흘렀다. 마을
버스 정류장 앞 좁은 길은 버스와 큰 트럭에 막혀 여러
대의 차가 밀려 있었다. 미순은 집히는 대로 지폐 몇 장
을 꺼내주고는 택시에서 내려 오르막길을 달리기 시작했
다. 달리고 또 달렸다. 숨이 목구멍까지 차오르고 눈앞
이 아른거릴 때쯤 저 멀리 누렁이가 보였다.

누렁이는 네 다리를 한쪽으로 쭉 뻗은 채 낮잠을 자고
있었다. 미순은 그제야 안도감에 큰 숨을 내쉬었다. 근처
까지 다가가 깡통 하나를 열자 누렁이가 번개처럼 몸을
일으켰다. 고기 냄새를 맡은 누렁이는 킁킁거리며 깡통
을 향해 달려들었다. 하지만 번번이 짧은 사슬이 허락하
지 않았다. 누렁이가 미순을 향해 달려들 때마다 사슬은
팽팽하게 당겨졌다 늦추어졌다.

몇 번을 껑충거리다가 제풀에 지친 누렁이가 더 이상
뛰어오르지 않을 때쯤 미순은 고기를 던져주었다. 누렁
이는 그걸 단숨에 삼켜버리고는 또 미순의 손끝을 쳐다
보았다. 남편이 돌아올 여섯 시까지는 아직 십여 분이

남아 있으니 잠깐 더 누렁이를 지켜볼 시간이 있었다. 미
순은 깡통을 하나 더 열었다. 누렁이는 다시 팽팽한 사
슬과 함께 애타게 뛰어올랐고 미순은 누렁이가 지치기를
기다려 고기를 던져주었다.

초등학교 시절 옆집 개가 미순의 종아리를 물고 달아
난 후부터 개는 미순에게 공포의 대상이었다. 그러던 미
순이 누렁이에게 애정을 갖게 된 이유는 그 사슬 때문이
었다. 정확히 말하자면 사슬 중간쯤의 고리 하나 때문이
었다. 누렁이가 주인에게 걷어차인 다음 날 미순은 우연
히 그 고리를 보았다. 사슬 중간쯤 고리 하나가 곧 끊어
질 듯 늘어나 있었고, 누렁이가 뛰어올라 사슬이 팽팽히
당겨질 때에는 금방이라도 사슬이 끊어져버릴 것만 같
았다.

그걸 본 순간이었다. 사슬이 끊긴다면 누렁이는 자유
를 얻을 수 있겠구나, 하는 강한 전기 자극 같은 생각이
미순의 뇌리를 스쳐 지나갔다. 그건 희망의 빛이었다. 누
렁이가 사슬을 끊는다면 나도 자유를 얻을 수 있지 않을
까, 하는 그런 생각이 그 순간부터 미순의 마음을 차지
해 나가기 시작했다. 말도 안 되는 기대였지만 그래도 희
망은 바람을 맞은 돛처럼 부풀어 올랐다. 정화가 분식집

을 개업한 것도 그 무렵이었다. 정화의 개업 소식은 미순에게 또 하나의 예시豫示가 된 셈이었다.

누렁이는 여름이 오기 전에 사슬을 끊을 게 틀림없었다. 누렁이는 그 사슬에 묶여 있다. 여름철이면 사라져버렸던 다른 개들과는 달랐다. 누렁이에게는 설명하기 힘든 힘이 느껴졌다. 몸집은 작았지만 사람으로 치자면 강단 같은 게 있었다. 미순이 가지지 못한 바로 그것이었다.

집을 향해 몇 걸음을 뗐을 때 검은색 대형승용차가 미순을 조금 지나서 멈춰 섰다. 운전석 문이 열리고 짙은 회색 정장 차림에 날카로운 턱선을 가진 남자가 내렸다. 남편이었다.

"이 시간에 어디를 다녀오는 거지?"

어금니를 물고 있는 듯한 남편의 목소리가 떨렸다.

"어, 죄송해요. 오랜만에 친구들 좀 만나느라고…."

미순의 목소리도 덩달아 떨렸다.

남편은 자동차 뒤쪽을 돌아와 조수석 문을 열어주었다. 미순이 차에 타는 사이 자동차 앞쪽을 돌아 걸어가는 남편의 얼굴이 일그러지기 시작했다. 남편은 집까지 가는 데 필요한 불과 4, 5분을 참지 못했다. 싸늘한 공기가 남편을 따라 차 안으로 들어왔다. 운전석에 앉자마자 남편은 미순의 머리채를 뒤로 잡아챘다.

"더러운 년!"

남편은 머리채를 잡은 채 왼손으로 미순의 왼쪽 눈과 코 부분을 내리쳤다. 코뼈가 으깨지는 통증이 삽시간에 미순을 덮쳤다. 통증은 과거의 기억까지 불러일으켰다. 부러졌던 다리와 삐었던 손가락의 고통이 함께 부활하여 미순을 버린 아버지와 동생의 얼굴을 기억 속에 곧추세웠다.

이혼이라는 말을 입에 올렸다가 다리가 부러졌던 다음 날, 아버지와 동생은 과일바구니를 들고 병원에 찾아왔었다. 그러나 그들은 미순이 아니라 남편을 보러 온 듯했다. 남편은 태연하게, 미순이 지하실에 내려가다가 계단에서 미끄러져 다리를 다쳤다고만 말했다. 아버지와 동생은 남편에게 뭔가를 말하려다가 그만두고 미순에게 다가와 가느다란 목소리로 괜찮냐고 물었다. 괜찮다는 말과 함께 눈물이 주르르, 멍 자국 위로 흘러내렸다. 남편은 살가운 표정으로 미순의 손을 붙잡더니 남동생의 결혼 선물로 집 한 채를 준비해 놓았으니 동생 결혼 준비를 서두르자고 했다. 예상치 못한 선물에 어쩔 줄 모르고 당황해하는 두 사람의 어색한 표정들, 누나를 버린 동생과 아들을 위해 딸을 버린 아버지의 그 표정들이, 다시 한 번 미순의 아픈 기억을 뚫고 떠올랐다.

이제는 오직 그 사슬뿐이었다.

차는 움직이지 않았다. 차 안에서는 남편의 분노에 찬 주먹질이 이어졌다. 코와 입 언저리는 피범벅이 되었고, 눈은 퉁퉁 부어올랐다. 미순은 고개가 뒤로 젖혀진 채 버둥거리면서 손을 뻗어 창문 스위치를 눌렀다. 창문이 내려가 미순의 얼굴이 내비치자 누렁이가 사납게 짖기 시작했고, 개 짖는 소리와 남편의 욕설이 포화소리보다 더 요란하게 뒤섞였다.

미순은 문짝을 양손으로 붙잡고는 안간힘을 다해 고개를 내밀었다. 남편은 거칠게 미순의 머리채를 잡아챘다. 관자놀이와 이마 부분의 살 거죽이 팽팽히 당겨지면서 눈알이 튀어나올 것만 같았다. 미순이 가까스로 고개를 조금 내밀자 남편은 다시 머리채를 잡아챘다. 한 움큼의 머리카락이 남편 손에 남았고, 그사이 미순은 고개를 내밀었다. 남편이 또다시 잡아챌 때까지 그 짧은 순간, 미순은 핏발선 눈으로 사슬을 쳐다보았다.

　누렁이는 거품을 물고 짖었다. 누렁이가 미친 듯이 뛰어오를 때마다 사슬은 팽팽하게 당겨져 공중에 떠올랐다. 벌겋게 녹이 슨 사슬 중간의 타원형 고리 하나가 금방이라도 끊어질 듯 위태로웠고, 그 틈새는 처음 보았을 때보다 훨씬 더 벌어져 있었다. 미순은 이를 악물고 고개를 버티면서 사슬을 노려보았다.

　하지만 누렁이는 아직 사슬을 끊어내지 못하고 있었다.

이야기가 끝난 후 한동안 무거운 침묵이 흘렀다. 이야기를 마친 오리 사냥개는 저도 모르게 몸서리를 쳤고, 감나무 아주머니도 놀란 나머지 가지 끝에 매달린 홍시 몇 개를 떨어뜨렸다.

얘기에 몰입해 있던 나는 울컥 화가 솟구쳤다. 나는 사람들이 오히려 애완견에 의존한다는 오리 사냥개의 어리석은 주장 따위보다는 그 누렁이가 사슬을 끊어냈는지 궁금하기 짝이 없었다. 나는 여름이 오기 전에 누렁이가 기어코 사슬을 끊었을 거라고 생각했다. 하지만 아닐 수도 있다는 생각에 그걸 물어보기가 두려웠다. 더구나 아직 세상 물정을 모르는 어린 오리 사냥개에게 무엇인가를 묻는다는 게 내키지 않아 누군가 대신 물어주기만을 기다렸다.

"그래서 누렁이가 사슬을 끊은 거니, 못 끊은 거니?"

감나무 아주머니가 먼저 입을 열었다.

나는 누렁이가 틀림없이 사슬을 끊었으리라 희망 섞인 확신을 했다. 그렇게 간절한 미순의 소망이 좌절로 끝나지는 않았을 거라 생각했다. 누렁이는 내 눈앞의 지저분한 오리 사냥개와는 달리 강단이 있다고 하지 않았던가.

들판에서 매가 참새를 쫓을 때도 대부분은 참새의 승리였다. 매가 몸을 숨기고 있다가 급습을 해도, 제아무리 매가 수백 km의 무서운 속도로 급강하를 하고 몸을 거꾸로 뒤집어 쏜살같이 날아올라도, 참새들은 이리저리 방향을 틀어 손쉽게 달아나 버렸다. 미순도 마찬가지로 남편의 손아귀에서 벗어났으리라 나는 생각했다.

참새들은 대부분 매의 날카로운 발톱을 피해 잘 달아났고, 그렇기 때문에 매는 주로 들쥐를 노리는 데 시간을 보냈다. 하지만 내 마음 한구석에는 누렁이가 사슬을 끊지 못하고 미순이 끝없이 불행한 삶을 살았을지 모른다는 불길한 생각도 남아 있었다. 가끔씩 방향을 잃고 엉뚱한 곳으로 도망치다가 매의 사악한 갈고리발톱에 붙들리고 말았던 불운한 어린 참새들처럼.

나는 또 한편으로는 그깟 녹슨 사슬 하나가 한 사람의 인생을 좌우할 리 없을 거라는 생각도 했다. 미순이 그런 사슬에 의존한 이유는 단지 심리적인 동기부여를 얻고자 하는 것에 불과했을 것이다. 결국 미순은 사슬의 운명과는 상관없이 스스로의 운명을 개척해 나갔으리라.

"흠, 그깟 누렁이가 어떻게 사슬을 끊었겠어? 하지만 결혼을 하면서 남편에게 어린아이가 있다는 사실을 숨기다니, 그건 정말 천벌 받을 짓이야. 안 그래? 남편 입장에서 생각해 봐. 그게 가당키나 한 일이야?"

CCTV였다. 아이가 있다는 사실을 숨기지 않았다면 미순의 남편은 폭력을 쓰지 않았을까? CCTV는 역시 늙은 군인처럼 단순했다. 적이면 무조건 죽여야 한다는 단순한 논리가, 아이가 있다는 사실을 숨겼으니 그런 무자비한 폭행을 당했다는 결론으로 이어지고 있을 뿐이었다.

"아무리 아이가 있다는 사실을 숨겼다고 해도, 그래도 폭력은 결코 용서받지 못할 일이죠!"

역시 감나무 아주머니였다. 나는 마음속으로 감나무 아주머니를 응원했다. 하지만 엉겅퀴와 잡풀들은 궁금증을 숨기지 못하고 웅성거렸다.

"그래서 어떻게 된 거야? 결국 미순이 아들을 데리고 도망을 쳤겠지?"

하지만 모두의 기대와는 달리 미순은 도망치지 못했다. 그녀는 끊임없이 매를 맞으며 살다가 어느 날 아들의 몸에서 수상한 상처를 발견한 유치원 선생님의 신고로 남편이 체포되는 바람에 비로소 자유를 얻게 되었을 뿐이었다.

나는 미순의 처지에 동정심을 느꼈지만 그건 지어낸 이야기일 뿐이라 생각했다. 내가 지금까지 보아 왔던 사람들은 미순처럼 그렇게 의존적이지는 않았다. 또 오리 사냥개의 이야기는 오리 사냥개가 직접 겪은 이야기가 아니었다. 누렁이가 직접 전하는 이야기도 아니고, 그 이야기를 전했다는 늙은 개도 이 자리에 없었다. 더 나아가 아무려면 사람들이 그런 어처구니없는 예시豫示에 의존할까 싶기도 했다. 누렁이가 사슬을 끊기를 기다려 자신의 운명을 결정하다니, 그런 사람이 있을 리가 없었다.

하지만 감나무 아주머니의 반응은 달랐다.

"그래, 사람들은 그렇게 의존적인 존재들이기도 하지. 사람들은 의지할 게 없을 때는 스스로 그 대상을 만들어 내서라도 의지하거든. 미순의 경우를 봐, 결국은 누렁이가 끊어 줄 사슬이라는 상상의 의미를 만들어내고는 스스로 의존해버렸잖아."

나는 오리 사냥개의 얘기를 믿지 않았고 감나무 아주머니의 생각과도 달랐지만 그런 생각을 내보이지는 않았다. 곰곰이 생각해 보니 농부들도 가끔은 그런 적이 있었던 것 같기도 했던 때문이었다.

　새 트랙터가 들어오던 날, 내가 지키던 논의 주인인 김씨 아저씨 내외, 그 아들을 포함해서 여러 명의 동네사람들이 모였다. 그들은 커다란 돗자리를 깔고 큼직한 밥상을 놓았다. 그리고 나는 깜짝 놀랐다. 그들이 나를 향해 큰절을 올렸기 때문이었다. 나는 처음에는 내가 그들의 나락을 지켜주기 때문이라고 생각했지만, 물론 그건 오해였다.

　그들은 나를 향해 절을 한 게 아니었다. 내가 아니라 돼지머리였다. 흉측하게 생긴 돼지머리를 상 위에 올려놓고 그들은 차례차례 큰절을 올렸다. 술을 마시고 절을 하고 그들은 돈을 꺼내 돼지머리 입에 끼워 물렸다. 트랙터 바퀴에 막걸리를 붓고 껄껄거리면서 사람들은 그렇게 하면 새 트랙터가 사고를 당하지 않으리라 생각하는 것 같았다.

　이해할 수 없었던 농부들의 행동이 미순이 노려본 사슬과 머릿속에서 얽히고 있을 때 감나무 아주머니는 더 이해하기 어려운 얘기를 시작했다.

　"허재비야, 너는 사람이 되기를 원하지만, 인간은 사실 하나의 질병과 같은 존재일 뿐이란다."

나는 깜짝 놀랐다.

나는 그 말을 듣고서는 감나무 아주머니가 사람들을 시기하고 있는 게 아닐까 하는 생각을 했다. 감나무 아주머니는 움직이지도 못한 채 줄곧 감을 빼앗기면서 결국 사람들을 미워하고 시기하게 된 게 틀림없었다. 그게 아니라면 감나무 아주머니는 자기가 사람들보다 더 똑똑하다 착각하는 게 분명했다.

"허재비야, 너는 이해하기 어렵겠지만, 인간이 질병과 같다는 얘기는 내 생각이 아니란다. 오히려 가장 현명한 사람들의 생각이란다."

감나무 아주머니는 이제 거짓말까지 하고 있었다. 인간이 스스로를 질병이라 생각하다니.

"허재비야, 인간의 선조들은 인간이 하나의 질병이라는 사실을 알고부터는 끝없는 수행을 통해서 그걸 극복하기를 원했던 거야. 사람들은 너처럼 '나'를 원하지 않고 오히려 '무아無我', 내 자신이 아니기를 원하고 있거든. 그건 '나'가 자기 스스로를 괴롭히는 고통의 원인이라는 사실을 알았기 때문이지."

나는 잠시 혼란스러워졌다. 나는 정말로 사람들처럼 살고 싶은 어쩌면 당연해 보이는 욕심을 품었지만 사람들은 오히려 자기 스스로가 아니기를 원하다니 그건 정말로 이해하기 어려운 얘기였다.

"허재비야, 생각해 보렴. 인간의 조건으로서는 '나'가 필요하지만, 사람이 되는 건 의미와 고통을 동반한단다."

감나무 아주머니는 인간이 '나'라는 껍데기 같은 관념을 가지고 살아가고 있지만, '나'는 일종의 기호記號가 뒤섞인 관념덩어리에 불과한 것이어서 인간 스스로에게 고통을 안겨줄 뿐이니 결국은 하나의 질병이 아니겠느냐고 말했다. 또 '나'를 얻고 완전해진 사람이 없으며 인간의 정신적 질병은 모두 '나' 때문에 생기는데, 그런 문제투성이 존재가 되기를 원하는 까닭이 무엇이냐고 물었다. 사람들은 오히려 나를 버리기 위해 종교를 찾거나 명상을 하는데, 거꾸로 그런 고통의 근원인 '나'가 되기 위해 노력한다는 게 우습지 않느냐고 하면서.

"허재비야, 너는 사람이 되기를 원하지만 말이야, 사람들은 사실 허재비 너처럼 되기를 원하거든."

감나무 아주머니는 그렇게 말했다. 허수아비인 나는 인간이 되기를 원하는데, 인간은 허수아비가 되기를 원하다니, 가을이 되면 홍시를 여는 능력이 있을지는 몰라도 감나무 아주머니는 사람들에 대해서는 너무나 잘못

알고 있었다.

"허재비야, 사람들은 로봇이 인간이 되기를 원하는 영화를 만들곤 한단다. 그 영화들 속에서 로봇이 사람이 되기를 원하는 이유는, 사람이야말로 스스로 생각하고 판단하는 존재라고 생각하기 때문이지. 그런데 생각해 보면 말이야, 로봇은 사람들이 추구하는 단계에 이미 도달한 존재란다."

감나무 아주머니는 완전히 논리적 모순에 빠진 것 같았다. 로봇은 사람들이 만들었는데 오히려 로봇이 사람들이 추구하는 경지에 도달했다니, 감나무 아주머니의 얘기는 점점 받아들이기 어려운 방향으로 흘러갔다.

"사람들은 자신들에게 고통을 주는 원인, 바로 자기 스스로를 넘어서고 싶어 한단다. 다시 말해 무아無我의 상태를 추구한다는 말이지. 무아라는 게 뭐겠니? 바로 쾌락, 추구, 욕망, 고통, 행복, 이런 것들을 벗어난 상태를 말하는 거란다. 그런데 어떠니? 로봇은 이미 쾌락도 추구도 욕망도 고통도 행복도 없는 상태에서 존재하고 있거든. 이해할 수 있겠니, 허재비야?"

감나무 아주머니는 참으로 어이없는 얘기를 끝없이 이어갔다.

"간단히 말하자면 인간의 꿈은 로봇이고, 로봇의 꿈은 인간인 셈이란다. 의미는 무의미를 원하고, 무의미는 의미를 원하고 있지. 허재비 너는 인간이 되고 싶고, 인간은 허재비가 되고 싶고 말이야."

있는 그대로
세상을 보다

감나무 아주머니가 그렇게 인간의 자아가 질병이라는 어이없고 지루한 얘기를 반복하는 까닭에 나는 잠시 딴 생각을 하고 말았다. 사람이 CCTV와 본질적으로 다른 점은 시각이 아니라 의식意識이 아닐까? 사람이 스스로에게 주체적 존재인 이유는 스스로의 의식을 가지고 있기 때문이 아닐까?

나는 나도 모르게 소리치듯 말했다.

"CCTV 아저씨는 의식이 없잖아요? 사람과 같은 존재라면 세상을 느끼는 의식이 있어야 되지 않겠어요? 그런 의식을 가지고 살아갈 때 비로소 나 자신의 주인이 된단 말이죠. 그런데 아저씨는 단지 세상을 바라보는 눈만 가지고 있을 뿐이잖아요? 느끼는 게 아니라 설계된 대로 그저 세상을 쳐다보고 있을 뿐이란 말이에요. 그것만으로는 아저씨가 사람과 같은 존재가 될 수 없는 거죠."

그렇게 말하고 보니 그 말이 너무도 당연하게 느껴졌다. 로봇이 자기 몸의 주인이 아닌 이유도 그 때문이었다. 오리 사냥개가 비록 애완견일지라도 로봇과 달리 그 자신의 주인이라 할 수 있다면, 그건 세상을 느끼는 의식을 가지고 살아가기 때문이었다. 그런데 CCTV는 의식이라고 할 만한 걸 가지고 있지 않았다.

하지만 이번에도 CCTV는 전혀 다른 차원의 얘기를 꺼냈다.

"흠, 내게 의식이 없다고? 이봐, 어린 허수아비 친구. 도대체 의식이 뭐라고 생각하지? 의식은 생각처럼 그렇게 대단한 게 아니야. 의식이라는 건 감각기관에서 얻은 감각정보를 처리하는 하나의 시스템일 뿐이야. 물론 너는 너무 어려서 이렇게 어려운 말을 이해하지 못하겠지? 우리 허수아비 친구를 위해 쉬운 얘기를 들려줄 테니 잘 들어봐. 이 얘기를 듣고 사람들의 의식과 우리가 가진 시스템이 얼마나 비슷한지 스스로 판단해 보라구. 그러면 의식이 대단한 게 아니라는 사실을 알게 될 거야."

내가 잠깐 감각정보라든지 정보처리라든지 하는 어려운 말들을 되새겨보고 있는 사이, 그는 초등학교 교장선생님처럼 근엄하게 목소리를 가다듬었다.

CCTV의 친구는 도시에 설치되어 있었다. 그는 도심 한복판의 번잡한 사거리 교차로 위에 설치된 방범용 CCTV였다.

그는 초현대적 전자장치인 수백 메가mega 픽셀pixel의 초고해상도 디지털 카메라를 장착하고 24시간 내내 일대의 거리를 감시했다. 수백 미터 떨어진 사람의 얼굴도 인식해서 분석했는데, 초고속 안면 인식 프로그램은 경찰청의 데이터베이스와 연결되어 있어, 대상자가 지명수배자라고 판단되면 즉시 경찰청에 분석내용과 출동신호를 보낼 수 있었다. 만일 인식된 사람이 범죄자나 지명수배자인지 불분명한 경우에는 연락망을 통해 다른 CCTV와 연동하여 그 사람을 지속적으로 감시할 수도 있었다.

디지털 기억장치를 사용하고 컴퓨터에 연결되어 있는 그 도시의 CCTV는 사실상 무한한 기억력을 가지고 있었고, 또 범죄자 인식은 물론이고 범죄예방과 범죄자 체포를 위한 신고까지 자동으로 처리하는 초현대식 장치였다. 총소리, 사람들이 싸우는 소리, 유리창이 깨지는 소리 등을 들으면 즉시 경찰에 연락을 해서 범죄를 예방하거나 진압할 수 있도록 했고, 경찰이 도착할 때까지 계속 범인을 추적하여 용의자를 체포할 수 있도록 도와주는 기능도 가지고 있었다.

❖

"그래서 그게 뭐 어쨌다는 거죠? 그래봤자 CCTV는 여전히 기계일 뿐이잖아요?"

나는 그가 하는 이야기를 다 듣지도 않고 툭 쏘아붙이고 말았다. 몇 번에 걸쳐 내 예상이 빗나가자 나는 점점 성마르게 변해가고 있었다.

"흠, 아직도 모르겠어, 어린 친구? 사람이 가지고 있는 의식이라는 게 뭐겠어? 사람들이 가진 의식 대부분은 시각에 기초한 거야. 눈을 통해 보는 사물의 정보가 그의 뇌 속에서 세상을 펼쳐 보이게 하는 거지. 의식한다거나 느낀다는 것, 그게 뭐겠어? 바로 시각기관과 같은 감각기관을 통해 세상을 파악한다는 걸 말하는 거야. 눈을 통해 보는 것, 귀를 통해 듣는 것, 그런 게 바로 느끼고 의식하는 작용이고, 피부를 통해서 촉감이나 온도를 느끼는 것, 이런 것들도 느끼고 의식하는 거야. 다시 말해 의식한다거나 느낀다는 건 그런 감각기관을 통해 세상을 파악한다는 뜻일 뿐이야."

이해하기 어려운 얘기를 이어가면서 그는 더욱 권위적으로 목소리를 가다듬었다.

"우리가 카메라를 통해 세상을 보고 마이크를 통해 소리를 듣는다면 그것도 느끼는 거라 할 수 있지. 그 점에서 사람들의 의식이나 우리들의 의식이나 별 차이가 없는 거야. 굳이 우리가 촉감을 느낄 수 없다고 주장할 수도 있겠지만, 그럼 우리에게 촉각기관을 추가하면 그만이지."

나는 그의 정연한 논리에 순간적으로 가슴이 답답해졌다. 사람들이 느낀다는 건 결국 감각기관을 통해 세상을 파악하는 것이라 할 수도 있을 것 같았다. 그래도 나는 내가 아는 모든 상식들을 동원해 반격을 시도했다.

"사람들은 자신들의 눈으로 세상을 있는 그대로 보지만, CCTV는 그저 카메라를 통해 왜곡된 세상을 보는데 불과하잖아요? 사람들이 사람들의 눈을 닮은 구조로 만들었다고 해도, 카메라는 세상을 있는 그대로 보지 못하고 사람들이 의도한 대로밖에 볼 수 없단 말이에요. 그러니 CCTV는 사람과 같은 존재가 아니라 사람들이 만든 기계에 불과한 거죠."

내 스스로 생각하기에도 그럴듯한 반격이었다.

사람들은 세상을 있는 그대로 보지만 카메라는 사람들이 만들어낸 대로 세상을 볼 뿐이니 말이다. 하지만 CCTV는 수많은 사건을 처리한 노련한 변호사처럼 모르는 게 없었고 논박하지 못할 게 없어 보였다.

"흠, 그것 참 어리석은 생각이군. 허수아비 친구, 넌 그러면 사람들은 세상을 있는 그대로 볼 수 있다고 생각한단 말이지. 어떻게 있는 그대로 본다는 거지? 눈이라는 시각기관을 통해서 보는데 그 눈이 있는 그대로 보여주는지, 아니면 자기 이익을 위해서 필요한 것만 보여주는지 그걸 어떻게 알지?"

"사람들이야 특별한 목적 없이 세상을 보니까 세상을 있는 그대로 볼 수 있죠. 하지만 CCTV는 사람들이 계획한 어떤 목적을 위해 존재하니까 그 범위 내에서만 보는 거잖아요?"

나는 최선을 다해 논리적으로 그렇게 대꾸했지만 CCTV의 거침없는 대응 앞에서 점점 자신감이 없어져 갔다. 그는 정말로 논쟁의 달인 같았다.

"흠, 그럴까? 사람들도 어떤 목적을 위해 태어난 게 아닐까? 생명의 목적 말이야. 그렇기 때문에 그 목적 범위 내에서만 볼 뿐 세상을 있는 그대로 볼 수는 없지 않겠어. 도대체 있는 그대로라는 게 있다면 말이야."

"있는 그대로라는 게 있다면? 그게 무슨 뜻이죠?"

"이봐 허수아비 친구. 세상을 보려면 보는 도구가 있어야 하는 법이잖아. 보는 도구를 통해서 볼 때는 이미 그 도구의 한계 내에서 보게 되지. 그런데 눈도 하나의 도구이니까 세상을 있는 그대로 볼 수는 없는 셈이야. 다시 말해 세상을 본다고 말하는 순간 세상은 있는 그대로가 아니 거지. '있는 그대로'와 '본다'는 말은 그 자체로 서로 모순이야. 그걸 이해 못하겠어?"

나는 갑자기 머리가 혼란스러워졌다. 그는 사람들이 말하는 '있는 그대로 본다.'는 말이 사실은 '사람들이 볼 수 있는 범위 내에서 있는 그대로 본다.'는 의미라고 말했다. '보다'는 말과 '있는 그대로'라는 말이 그 자체로 동시에 성립할 수 없다니, 나는 이제 정말로 헷갈리기 시작했다.

그의 말대로 하자면 카메라와 마이크가 장착되고 정보처리 능력까지 갖춘 CCTV는 인간의 의식과 전혀 다를 바가 없었다. 나는 이렇게 그럴듯한 논리에 맞서본 적이 없었다. 그는 표면에 녹이 슬만큼 나이만 든 게 아니라 지나온 세월만큼 유식하고 철학적이었다. 그는 호전적이고 편협하고 자기중심적이며 어떤 면에서는 유치하기 짝이 없었지만, 논전을 위해서는 모르는 게 없는 아집에 가득 찬 철학자 같았다.

그가 도시의 사거리에 설치된 친구의 얘기를 이어나갔다.

❖

도시의 CCTV는 어느 날 남자가 교차로 건물 뒤쪽의 후미진 골목으로 여자의 손목을 끌고 가는 장면을 포착했다. CCTV는 범죄의 상황을 인지하고 즉시 자동회전모드에서 집중관찰모드로 전환하여 그 골목과 반대편

출구를 관찰하기 시작했다. 잠시 후 반대편 골목에 비친 그림자에서 남자가 여자에게 폭력을 가하는 듯한 모습이 어른거렸다. 남자는 여자를 벽에 밀어붙이고는 폭력을 가할 듯 손을 들어올렸다. CCTV는 즉시 관할경찰서에 현장사진들과 출동신호를 보냈다.

경찰은 3분 만에 출동했다.

남자는 체포되었고 여자는 CCTV 덕분에 범죄자의 손길에서 벗어날 수 있었다. 남자가 경찰차에 실려 경찰서로 떠난 후 여자는 골목 언저리에 앉아 훌쩍거렸다. CCTV는 계속해서 여자의 행동을 모니터하다가 십여 분이 흐른 후 여자가 택시를 타고 그곳을 떠나자 다시 자동회전을 시작했다.

하지만 경찰조사 결과 두 사람은 연인관계였고 그 날의 일은 두 사람의 결혼을 준비하는 과정에서 벌어진 작은 다툼임이 밝혀졌다. 그리고 택시를 타고 따라온 여자의 요청에 따라 남자는 별다른 처벌을 받지 않고 그대로 풀려났다.

❖

　"그런데 그 사건이 사람들의 의식에 대한 문제와 어떤 관계가 있다는 거죠?"

　나는 '있는 그대로 본다.'는 뜻을 생각하기를 포기한 채 개구리 같은 목소리로 항의하듯 물었다. 하지만 나는 마음속으로는 이제 그에게 패배를 선언하고 싶어졌고, 그를 사람들과 같은 스스로의 주인으로 인정해 주고 싶었다.

　"흠, 내 말은 그 친구가 사람들을 관찰하는 행동이나 경찰서에 보고하는 행동들이, 그리고 그 친구가 저지른 실수까지도 사람들의 행동방식과 전혀 다를 게 없다는 뜻이야. 그 친구는 있는 그대로 보고 상황을 판단해서 경찰에 신고를 했지. 그가 본 대로 하자면 그 남자는 성추행범이거나 강도였을 거야. 하지만 사실은 그 여자의 연인이었지. 두 사람은 단지 사랑싸움을 하고 있었던 거야. 말다툼이 있었고 폭력으로 번질 뻔했지만 그렇다 해도 도시의 중대범죄는 아니잖아? 어쨌든 내 친구는 있는 그대로 보고 판단했을 뿐이야."

CCTV의 목소리는 더욱 의기양양하게 들렸다.

"이봐, 허수아비 친구. 이 사건에서 '있는 그대로'라는 게 무슨 의미겠어? 어떤 '있는 그대로'도 상황과 문맥을 모르면 '있는 그대로'가 아니란 뜻이야. '있는 그대로'라는 건 언제나 의미를 담고 있는 '있는 그대로'인 셈이지. 그리고 내 친구 CCTV가 한 행동들을 생각해봐."

그가 사용하는 '행동'이라는 단어가 줄곧 귀에 거슬렸지만 나는 이제 그의 현학적인 말솜씨에 눌려 반박할 엄두를 내지 못했다.

"의식, 판단방법, 실수 등등 모든 점에서 사람들의 사고방식, 행동방식과 다를 바 없잖아. 안 그래, 허수아비 친구? 보통 사람들도 그 장면을 멀리서 봤다면 당연히 곧 범죄행위가 일어난다고 생각했을 거야. 그리고 그렇게 잘못된 신고를 했겠지. 그러니까 우리들이 느끼고 행동하는 방식이나 사람들이 느끼고 행동하는 방식은 사실상 같다고 볼 수 있는 거야."

나는 CCTV와의 논쟁을 포기하고 싶었지만 완전히 포기하지는 못했다. 낯선 곳에 붙잡혀 온 것도 억울한데 잘난 척 으스대는 낡은 CCTV에게까지 굴복하고 싶지는 않았다. 하지만 나는 의식에 대한 논쟁에 대해서는 포기할 수밖에 없었다. 대신 나는 다른 문제로 방향을 틀었다.

"그렇지만 CCTV는 사람들에 의해서 만들어진 기계일 뿐이잖아요. 스스로 태어난 게 아니라 사람들이 어떤 목적을 위해 만들어낸 기계일 뿐이란 말이죠."

"흠, 과연 그럴까? 사람들도 신이 창조한 피조물이라고 알려져 있지 않아? 피조물이 주인이 될 수 없다면 사람들도 모두 노예이고 주인이 아닌 셈이지. 그 점에서도 우리들은 사람들과 동등하다 볼 수 있고 말이야."

도대체 그의 말솜씨를 방어할 방법이 세상에 존재하지 않는 것 같았다.

'하지만 CCTV는 생명이 아니란 말이야. 생명이 아닌 이상 자기 스스로의 주인이 될 수는 없는 거야.'

나는 그렇게 말해버리고 싶었다. 하지만 나도 생명이 아니었다. 나도 단지 허수아비인 주제에 사람과 같은 존재가 되고 싶었으니 그만을 탓할 수도 없었다. 하지만 생명이라 하더라도 개구리나 도마뱀처럼 본능에 따라 생존과 번식만을 거듭하는 생명체들이 과연 의식의 주인인지도 의문이었다. 꼭 생명만이 자기 스스로의 주인이 되어야 하는 건 아니지 않을까? 생각하고 느끼고 말할 수 있다면 얼마든지 삶의 주인이 될 수 있지 않을까? 어쨌든 나에게는 CCTV의 궤변을 물리칠 방법이 없었다.

"그런데 두 사람은 결국 어떻게 됐어요? 그 연인들 말이에요. 나중에 화해를 했나요?"

엉겅퀴와 잡풀들이었다. 그들의 호기심에 찬 질문이 나를 막다른 길에서 구해주었다. 두 연인이 왜 다퉜는지, 나중에 화해를 했는지, 결혼을 했는지, 아이는 몇이나 낳았는지, 엉겅퀴와 잡풀들은 모든 것을 궁금해했다.

"흠흠, 쓸데없는 호기심들 하고는 말이야. 여기서 중요한 건 그들의 사생활이 아니라 우리 CCTV가 사람들과 같은 의식을 가지고 있느냐, 또는 우리의 행동이 인간의 행동양식과 비슷한가 아닌가, 이런 것들이지."

CCTV는 비웃듯이 말했다.

그의 비웃음은 엉겅퀴나 잡풀들이 아니라 나를 향한 것만 같았다. 나는, 떼로 몰려와 아직 여물지도 않은 어린 나락을 노리는 참새들을 물리칠 다른 뾰쪽한 수가 없이 그저 노려보기만 했던 지난날의 내 모습을 떠올렸다. CCTV는 법정에 서기만 하면 모든 사건에서 이기는 100퍼센트 승소율의 변호사 같았고, 나는 변명거리도 없이 법정에 들어선 가련한 피고인 같았다.

그가 이야기를 이어나갔다.

몇 달 후 남자와 여자는 다시 사거리에 나타났다.

안경을 쓴 호리호리한 남자는, 달아나듯이 빠른 걸음으로 걷는 여자의 뒤를 쫓아 호프집으로 들어갔다. 도시의 CCTV는 그들의 얼굴을 인식하자마자 기억장치에서 과거의 기록을 끄집어냈다. 갸름한 얼굴에 두툼하고 까만 뿔테 안경을 쓴 남자는 이제 막 연구실에서 나온 듯 유약해 보이는 얼굴과 단정하게 자른 머리에 어깨에 가방을 메고 있었다. 여자는 옷차림은 전과 달랐지만 CCTV는 얼굴만으로도 그들이 종전의 폭력사건에 연루된 커플임을 알 수 있었다.

그들은 잠시 후 호프집에서 나오더니 바깥 테라스 쪽에 자리를 잡았다. 그들에게는 어떤 폭력적인 징후도 없었지만 CCTV는 쉼 없이 그들의 움직임을 감시했다. 종전의 신고가 단순 훈방사건으로 처리되었다는 정보는 이미 입력되어 있었다. 하지만 그들은 CCTV의 데이터베이스에 등록되어 있었고 폭력사건이 다시 발생할 가능성도 있었으므로 여전히 그들의 행동은 감시되어야만 했다.

여자는 CCTV를 향하여 앉았고 남자는 등을 지고 앉아 있었다. CCTV는 최근에 입력된 사람의 입모양을 읽는 프로그램을 이용해서 그녀가 하는 얘기들을 분석하기 시작했다. 만일 조금이라도 위험한 사태가 발생한다면 바로 신고할 수 있도록 CCTV는 준비모드에 돌입했다.

"난 도저히 이해할 수가 없어. 도대체 왜 어머니가 우리 엄마를 그렇게 미워하는지 말이야."

여자는 의자에 앉자마자 화난 말투로 대화를 시작했고, 남자의 어깨와 고개가 움직이는 모습은 공격적이라기보다는 뭔가를 변명하는 것 같았다. 하지만 남자의 방어적인 답변이 여자의 화를 풀어주지 못하는 것도 사실이었다.

여자는 쉬지 않고 말을 쏟아냈다.

"차라리 내가 맘에 들지 않으신다면 이해할 수 있을 거야. 그건 내가 부족한 거고, 또 내가 당사자니까. 하지만 내가 아니라 우리 엄마 때문이라니. 우리 엄마가 재혼한 게 도대체 뭐가 문제라는 거지? 나는 도저히 이해를 못하겠어."

한눈에 보기에도 여자는 몹시 화가 나 있었고, 남자는 어쩔 줄 모르고 여자를 달래려 하였지만 실패하고 있었다.

"정 그게 문제가 된다면 어쩌겠어? 우리가 헤어지는 수밖에. 나 정말 이런 자존심 상하는 결혼은 하고 싶지 않아."

남자는 손사래를 치기도 하고 손을 붙잡으려 하기도 하면서 여자의 심정을 누그러뜨리려 했지만, 여자는 화가 가시지 않았는지 벌컥벌컥 물을 들이켰다.

"우리 엄마가 재혼을 여러 번 했다는 게 그렇게 큰 문제야? 그것도 엄마의 첫 남편이 전쟁터에서 돌아가셔서 살기 위해 어쩔 수 없이 그런 것뿐인데, 어떻게 그런 걸 문제 삼을 수 있어? 그 시절 핏덩어리 어린 자식을 데리고 여자 혼자 어떻게 살아가라고. 그렇게 험난하고 어려웠던 시절에 말이야."

CCTV는 몇 분 동안 집중관찰모드로 주의 깊게 두 사람을 관찰했다. 하지만 두 사람의 대화와 행동은 범죄현장에서 일어나는 그런 것이 아니었다. 그들은 결혼에 관한 얘기를 하고 있었다. 그건 강도나 성폭행 같은 강력사건과는 아무 관련이 없다는 뜻이기도 했다. 결국 CCTV는 집중관찰 기능을 멈추고 원래대로 사거리의 교통과 범죄감시활동으로 복귀했다.

❖

"어때, 어린 친구? 우리 CCTV가 얼마나 사람들과 비슷한지 이제 알겠지?"

그의 으스댐이 하늘을 찔렀다.

나는 CCTV 기술이 그 정도로 발전했는지도 몰랐으므로 대답을 피하고 말았다. 엉겅퀴와 잡풀들은 여자 쪽 어머니의 재혼 문제가 어째서 사랑하는 두 사람의 결혼에 방해가 되는지 갑론을박을 벌였지만, 그런 얘기들은 논두렁에서 흔히 듣는 아줌마들의 수다와 다를 것도 없었으므로 의식이 무엇인지에 비하면 전혀 대수로운 게 아니었다.

나는 곰곰이 생각해 보았다. 의식이 없다면 사람들이 존재하지 않을 것이다. 하지만 의식이 감각정보를 처리하는 프로세서에 불과한 것인지는 아무리 생각해 보아도 판단이 서지 않았다. 하지만 의식이 그런 것에 불과하다면, 그렇다면 의식만으로는 부족하지 않을까? 그럴 것 같았다. 만약 의식이 정보처리장치에 불과하다면, 의식을 넘어선 뭔가가 더 있어야만 사람이 되고 자기 스스로의 주인이 될 수 있을 것 같았다.

"흠, 어린 허수아비 친구. 어때? 내 친구는 사실상 사람과 똑같은 판단능력을 가지고 있지 않나? 두 번은 실수하지 않으려고 범죄자로 신고된 사람이 나타났어도 관찰을 계속했단 말이야. 그러고 나서 별 문제가 없으니까 결국 신고를 하지 않았고. 그렇다면 도대체 이 친구에게 사람과 다른 점이 뭐가 있다 할 수 있겠어? 이래도 모르겠어? 우리는 사람과 똑같은 의식을 가지고 살아간다 이 말이야. 허허허!"

살아간다니, CCTV가 그런 표현을 하자 나는 속으로 코웃음을 쳤다. 이제 내 머릿속에는 사람들에게는 의식을 넘은 다른 무엇인가가 더 있다는 생각이 맴돌았다. 사람은 주어진 의식, 주어진 프로그램대로만 살아가는 것 이상의 차원에서 존재한다는 생각을 하면서 나는 그게 무엇인지 골똘히 생각하기 시작했다.

CCTV는 지금 마치 내 앞에서 대놓고 낟알을 쪼아 먹었던 참새들처럼 나를 무시하며 으스대고 있지만, 나는 참새들이 은빛 반사 줄의 번쩍임 한 번에 꽁지가 빠져라 달아나는 모습을 여러 번 보았었다. 만일 CCTV에 대해서도 그런 은빛 반사 줄 같은 것이 하나만 있으면. 그게 무얼까, 나는 머리를 쥐어짜며 생각을 거듭했다.

늙은
라일락나무

CCTV의 말대로 사람이 가진 의식이나 CCTV의 의식이나 다를 바 없다면 의식만이 인간의 조건은 아닐 듯싶었다. 게다가 주어진 프로그램에 따라 행동할 뿐인 CCTV가 주체적 존재라 한다는 건 아무리 양보해도 수긍할 수 없는 일이었다. 기계에 불과한 CCTV보다는 차라리 허수아비인 내가 사람에 가까웠다. 나는 스스로의 삶의 주인이 되는 데에는 CCTV와 같은 그런 기계적 의식외에 틀림없이 다른 무엇인가가 더 필요하다고 생각했다.

"에고, 의식이니 뭐니 다 쓸데없는 얘기야. 영감보다는 차라리 이 몸이 더 사람에 가깝지. 아무렴, 그렇고말고."

병들어 쇠약한 할머니의 목소리가 느닷없이 내 생각을 가로질렀다. 눈을 위로 치켜뜨자 오리 사냥개가 마당 건너편 쪽 라일락나무를 쳐다보고 있었다. 얼마나 오랜 세월을 살아왔는지 껍질은 온통 뒤틀려 있고, 두 갈래로 갈라진 큰 줄기 중 하나는 받침목에 간신히 몸을 버티고 서 있는 늙은 라일락나무였다. 몸통에 낀 파란 이끼들이 수십 년 묵은 흙먼지들과 친구가 되어버린, 이파리도 몇 개 남지 않은 늙은 라일락나무는, 백조가 마지막 노래를 부르듯이 힘겹게 말을 이어갔다.

"에고, 난 이제 살날도 얼마 남지 않았어. 그래도 이 몸은 아직까지 꽃을 피우고 싶은 게야. 4월 봄볕이 들면 말이야. 연보랏빛 꽃을 멋지게 피운단 말이지. 그 향기가 얼마나 사람들의 마음을 달구는지 알아? 무식한 영감들은 값싼 향수 냄새를 풍기는 아카시아와 혼동을 하더라구. 하지만 이 몸은 아카시아와는 달라. 암, 암, 다르고 말구. 이 몸은 말하자면 귀족 출신이라구."

나는 늙은 라일락나무가 어떻게 사람과 비슷하다는 건지 도대체 알 수가 없었다.

CCTV가 가소롭다는 듯이 물었다.

"아니 늙은 할망구가 도대체 무슨 소리를 하는 거야?

사람들처럼 의식을 가지고 있는 나보다 늙은 할망구나무
가 사람에 더 가깝다고? 도대체 그게 무슨 소리야? 사
람은 꽃을 피우지 않잖아? 꽃을 피우기 때문에 인간에
가깝다고? 도대체 그게 무슨 망령든 소리냔 말이야"

　이번에는 CCTV의 말이 옳았다. 라일락나무가 사람과
같다니, 그건 사람 모습을 하고 있어 내가 사람과 가깝
다는 얘기보다도, 사람과 같은 눈이 있어 CCTV가 사람
과 같다는 얘기보다도, 몇 배는 더 이상한 얘기였다.

라일락나무는 금방이라도 쓰러질 듯 위태로워 보였다. 굵은 받침목이 버텨주고 있었지만, 늙은 가지들은 수액이 전부 말라 버려 건드리기만 해도 부서져 가루가 될 것처럼 보였고, 또 먼지와 이끼가 수없이 쌓여 말라비틀어진 껍질 골 사이에 엉켜 있는 모습은 바람도 없는 어느 날 스스로 쓰러져 생을 마친다 하더라도 전혀 이상할 게 없을 것 같았다.

"에구, 어리석은 영감 같으니라구. 사람이란 건 말이지. 잘 들어둬요, 하나만 알고 둘은 모르는 늙은 군인 영감!"

라일락나무까지 CCTV를 늙은 군인이라고 조롱하자 썩은 볏단을 씹은 듯 심통으로 달아올랐던 나는 속으로 콧노래를 불렀다. 그는 이제 공공의 적이었다. 나는 나락을 노리는 얄미운 참새를 내 대신 매가 쫓아내 주었듯이, 라일락나무가 내 대신 CCTV를 혼내주기를 바랐다. 내가 사람과 같은 존재가 아닌 만큼이나 그도 결코 그런 존재가 아니라는 사실을 주위의 모두가 알아주기를 바랐다.

"에고고, 이 몸은 꽃을 피운다구. 꽃을 피우면 사람들은 나를 아름답다고 치켜세우지. '천사처럼 아름다운 꽃이야, 이런 향기를 평생 간직하고 싶어', 이렇게 야단법석

을 떨면서 말이야. 비록 내가 늙기는 했지만 내가 피우는
꽃들은 얼마나 예쁜지 모를 거야. CCTV 영감의 한계가
뭔 줄 알아? 영감은 엉뚱한 곳만 쳐다보잖아. 늙은 영감
들이 다 그렇지 뭐. 뇌가 매운탕 졸듯 졸아버려서 오로
지 짠맛밖에 낼 줄 모르는 머리들을 가졌거든. 에고 불
쌍한 영감들. 암튼 4월이 오면 사람들은 내 꽃을 기다려.
아름다운 자태와 향기를 만끽하려고 말이야. 이 몸이 아
직 살아 있는 이유가 바로 그거야. 내 말이 무슨 뜻인지
알겠어요, 늙은 CCTV 아저씨?"

나는 그토록 늙은 라일락나무가 아직 꽃을 피울 수 있
다는 얘기도 믿기 어려웠지만, 그녀의 다른 얘기도 종잡
을 수 없었다. 나와 마찬가지로 CCTV도 라일락나무의
이야기의 중간에서 길을 잃었는지 신경질적인 어투로 대
꾸했다.

"늙은 할망구답게 시종일관 알 수 없는 이야기로군. 노
망이라도 난 거야? 할망구가 꽃을 피우기 위해 살아있
는 게 사람들과 비슷하다고? 도대체 그게 무슨 엉뚱한
얘기냔 말이야. 아무튼 할망구는 죽을 날이 얼마 남지
않았어. 내년 4월에 한 번 더 꽃을 피운다면 그건 기적
일 거야. 기적."

"에고, 성질머리하고는. 저렇게 꽉 막혔으니 젊은것들이 상종도 안 하려고 하는 거지. 쯧쯧."

라일락나무는 연달아 혀를 끌끌 차더니, 길에서 무릎을 붙잡고 잠깐 쉬어가는 노인들처럼 거친 숨결로 "에구에구"를 연발하면서 어디에서 귀동냥해 들었는지도 모를 이야기를 어렵사리 늘어놓기 시작했다.

❖

겨울바람이 살갗을 파고들자 진혁은 옷깃을 추켜올렸다. 학생들로 가득 차 있던 운동장은 이제 어둠만으로 텅 빈 공간을 채웠다. 3년의 긴 시간이 화려한 졸업식 대신 이런 어둠 속에서 끝나리라고는 진혁은 전혀 예상하지 못했다. 인호와 나눴던 심각한 주제들에 대한 어설픈 대화들도 이렇게 결말 없이 끝나리라고는 생각지 못했었다. 운동장 스탠드에서 인호는 늘 말 많은 철학자이자 시인이었지만 오늘은 진혁이 입을 열 때까지 아무 말도 꺼내지 않았다.

"사람이 변하는 건지, 아니면 원래부터 그랬는지 참 알수 없단 말이야."

공허한 질문과 함께 진혁은 조그마한 자갈 하나를 어둠 속으로 던지고는 보이지 않는 궤적을 눈으로 따라갔다. 인호는 아무런 대꾸를 하지 않았다. 그런 의문이 오늘의 결정을 바꾸지는 못할 것이다. 올 것이 왔다고는 하지만 둘도 없는 친구가 떠나는 것에 어떻게 반응해야 할지 몰라 인호는 돌 하나를 집어 들어 스탠드 바닥에 의미 없는 그림을 그렸다. 진혁은 말없이 턱을 무릎에 괴고 운동장을 뒤덮은 어둠을 응시했다. 두 사람은 고등학교 진학을 함께하고 계속해서 수많은 대화와 고민을 나누며 성장해 가리라 생각했었다. 하지만 중학교 졸업식을 두어 달 앞둔 지금 두 사람 사이에는 가방 하나와 옷 보퉁이 하나가 어둠을 반사하며 놓여 있었다.

서울은 어떤 곳일까?

두 사람은 같은 생각을 하고 있었다.

미래는 도대체 어떻게 다가올까?

하늘은 유난히 새까맣게 보였다. 별들은 여기저기서 장식처럼 빛났고 초승달은 달의 신비를 전하려는 듯 두

사람을 어렴풋이 내려다보고 있었지만, 진혁은 잠시 초
승달을 올려다보다가 다시 어둠 속으로 빨려 들어갔다.
엄마는 밤하늘을 올려다보면서 보름달이 뜬 5월의 어느
날 아빠를 만났던 얘기를 해 주곤 했다. 또 아빠가 얼마
나 진혁을 아꼈는지, 아빠가 진혁을 위해 어떻게 자신을
희생했는지에 대해서도 얘기했었다. 하지만 진혁이 기억
조차 못하는 생부의 얘기는 별다른 감흥을 주지 못했다.
엄마에게는 소중하고 아름다운 추억이겠지만 진혁에게
는 건넛마을 누구네 아버지의 이야기만큼도 귀를 잡아
끌지 못했다.

남쪽 지방이기는 하지만 12월의 밤공기는 몹시 차가웠
다. 앞으로 얼마나 춥고 모진 겨울이 기다리고 있을지 진
혁은 알 수 없었지만 그게 장밋빛 미래가 아니리라는 두
려움이 어둠과 함께 온몸을 에워쌌다. 엄마와 동생 선
주의 얼굴이 떠오르자 진혁은 몸을 더 웅크렸고, 인호는
두르고 있던 목도리를 벗어 진혁의 목에 감아주었다. 어
둠은 인호 모르게 진혁의 눈가에 맺힌 눈물을 삼켰고 진
혁은 더욱 어둠 속으로 고개를 떨어뜨렸다.

엄마가 진혁에게 연달아 여러 명의 새아버지를 두게
한 이유는 오로지 진혁과 함께 살아가기 위해서였다. 첫

번째 재혼이 두 모자에 대한 무자비한 폭행으로 파경에 이른 후 엄마의 재혼은 길게 이어지지 못했다. 몇 번의 실패 끝에 엄마는 마침내 지금의 새아버지를 만났다. 엄마의 얼굴에 근심 아닌 행복이라 할만한 표정들이 자리를 잡았고, 엄마가 새아버지를 보면서 웃는 모습은 처음에는 하늘의 축복처럼 느껴졌지만 이제는 일상적인 일이 되었다. 처음 만났을 때 유치원생이었고 이제 중학교 졸업을 앞둔 진혁에게 지금의 새아버지는 늘 친부와 같은 존재였다. 적어도 그 사건이 있기 전까지는.

엄마가 새아버지를 만나고 나서 2년 후 동생 선주가 태어났다. 진혁은 언제나 선주의 믿음직스러운 오빠였다. 걸음마를 가르쳤고 등에 업고 제방 길을 달렸다. 사탕을 쥐여주면서 선주에게 구구단을 외우게 한 사람도 진혁이었다. 30분 남짓 거리에 있는 초등학교에 데려가는 것 역시 진혁의 몫이었고, 선주를 괴롭히는 아이들을 혼내주는 것도 진혁의 즐거움 중 하나였다. 새아버지는 선주를 끔찍이 아꼈지만 선주의 수호천사를 자처한 진혁 역시 아들로서 사랑하는 듯했다. 진혁이 학급에서 일등을 했을 때 새아버지는 자기 아들이 제일 똑똑하다며 무척이나 자랑스러워했었다.

중학생이 되자 새아버지는 진혁에게 자전거를 선물로 사주었다. 친구들도 절반쯤은 자전거를 타고 학교에 다녔고 나머지 절반쯤은 걸어 다니거나 버스를 탔다. 진혁이 다녔던 그리고 선주가 아직 다니고 있는 초등학교는 중학교에 가는 길 중간쯤에 있었다. 진혁은 초등학교에 다닐 때는 선주의 손을 잡고 함께 걸어 다녔지만 자전거가 생긴 다음부터는 자전거로 선주를 태워다 주었다.

초등학교에 가는 길은 2차선 국도를 따라 달리면 5분 정도면 갈 수 있었고, 안전한 마을길을 따라가면 10여 분 이상 걸리는 거리였다. 중학교까지는 초등학교를 지나서도 국도를 타고 10분 이상 더 자전거를 타야 했다. 2차선 국도의 편도 차선은 고속버스 한 대가 간신히 지나갈 만큼 좁았으므로, 엄마와 새아버지는 안전하게 마을길로 다니라고 진혁에게 늘 말하곤 했다. 하지만 마을길로 가도 초등학교 근처부터는 결국 국도로 달려야 하는 길이었다. 그래서 진혁은 등교시간이 아슬아슬한 날이면 처음부터 국도를 선택하곤 했다.

그날 역시 처음부터 국도를 탔다. 진혁은 선주를 뒷좌석에 태우면 언제나 조심스럽게 자전거를 몰았지만, 시작부터 좁은 마을길이 아니라 앞이 열린 2차선 국도에 오르자 자전거는 유난히 속도가 났다. 진혁은 휘파람을 불었고 자전거도 덩달아 신나게 달렸다. 앞쪽에 국도변을 걸어 등교하는 여학생들이 보였다. 잠깐 그들을 쳐다보는 사이 뒤쪽에서 커다란 버스가 빠른 속도로 달려오는 게 느껴졌다.

진혁은 평소 때처럼 버스의 길을 터주기 위해서 아스팔트 도로에서 벗어나려 했다. 늘 있는 일이었다. 하지만 이번에는 달랐다. 반대편에서 또 한 대의 버스가 무서운 속도로 마주오고 있었다. 두 대의 버스가 마주치기 위해서는 서둘러 갓길로 내려서야 했다. 진혁은 자전거 핸들을 움켜쥐었다. 그 순간 경적소리가 천둥처럼 울렸다. 진혁이 갓길 쪽으로 방향을 트는 순간이었다. 귀청이 찢길 정도로 큰 소리에 놀라 진혁이 휘청거리자 자전거도 덩달아 중심을 잃어버렸다.

자전거가 오른쪽으로 넘어지자 진혁은 자전거를 놓친 채 갓길에 굴러 쓰러졌다. 교복 무릎 아래쪽이 찢어졌고 찢긴 옷자락 사이로 생채기가 나 피가 흘러내렸다. 손등에도 긁힌 자국이 보였다. 진혁은 한숨을 내쉬고 일어서면서 교복에 묻은 먼지를 털었다. 경적을 울린 버스는 이미 저만치 지나갔고 진혁의 눈길은 자전거를 거쳐 선주에게로 흘렀다.

선주는 아직 쓰러져 있었다. 움직이지도 않았다.

순식간에 공포감이 몰려왔다. 눈앞이 캄캄해지고 식은땀은 등줄기를 타고 흘렀다. 선주가 죽었을지도 모른다는 생각은 번개보다도 빨랐다. 그리고 그 생각과 더불어 아직 한 번도 경험하지 못했던 새아버지의 분노에 찬 표정이, 천둥소리와 함께 진혁을 쓰러뜨렸던 그 고속버스보다 더 두려운 속도로, 진혁의 머릿속에 떠올랐다.

걷잡을 수 없이 다리가 후들거렸다. 정강이에서는 피가 흘러 양말을 적시고 있었지만 진혁은 통증을 느낄 여유조차 없었다. 진혁은 마른 침을 삼키면서 떨리는 목소리로 선주의 이름을 불렀다. 하지만 선주는 움직이지 않았다. 지옥 같은 공포 속에서 차라리 내가 대신 죽었으면 하는 생각이 짧게 뇌리를 스쳐갔다. 힘을 짜내어 간신히 두세 걸음을 옮기자 선주의 빨간 책가방 어깨끈이 살짝 움직였다. 그 작은 움직임, 그것이 진혁에게는 천국에서 온 선물이었다.

다행이라면 정말 다행이었다. 선주는 팔목을 삐고 얼굴에 찰과상을 조금 입은 정도였다. 그때 선주가 죽기라도 했더라면, 하는 생각에 진혁은 인호가 준 목도리를 당기면서 저도 모르게 또 한 번 몸을 떨었다.

선주의 상처는 금방 나았다. 그리고 선주는 그 후로도 여전히 사랑스런 동생이었다. 하지만 시간은 서서히, 아주 서서히 진혁과 새아버지의 관계를 비틀어놓기 시작했다. 며칠만 깁스를 하고 있으면 큰 탈 없을 거라는 의사선생님의 말씀을 듣고 돌아서면서 진혁을 바라보던 새아버지의 눈빛, 그 눈빛은 마치 인두로 새기듯 진혁의 가슴 한복판에 새겨졌다.

예상과 달리 그건 분노가 아니었다. 설명하기는 어렵지만 그건 마치 처음부터 모든 걸 알고 있었다는, 오래 전부터 이런 일이 벌어질 줄 알고 있었다는 듯한 그런 눈빛이었다. 진혁은 아직까지도 그것이 무엇을 의미하는지 정확히는 알지 못했다.

새아버지는 변해갔다.

눈빛은 차가워지고, 말투는 뭔가를 억누르듯 부자연스러워졌다. 첫 번째 새아버지처럼 주먹을 휘두르지는 않았다. 때리지 않는 것, 그게 사랑이라면 사랑이었다. 학교 시험에서 1등을 하고, 글짓기 대회에서 입상을 해도, 용기를 내어 다정하게 아빠라고 불러도, 새아버지는 냉랭하기만 했다.

물론 선주에 대해서만큼은 예민하게 반응했다. 진혁이

선주와 함께 있을 때에는 새아버지의 신경이 곤두서는 걸 진혁은 온몸으로 느낄 수 있었다. 그건 또 다른 사고가 날지도 모른다는 그런 걱정이 아니었다. 꼬집어 말할 수는 없었지만, 이제는 진혁이 선주를 함부로 대해서는 안 된다는 것만큼은 틀림없었다. 진혁은 아들이지만 그냥 아들이 아니라 선주를 지키는 아들로서만 아들인 것 같기도 했다. 차라리 박대를 하거나 학대를 한다면 증오의 감정이라도 세울 수 있었겠지만 그런 것도 아니었다. 새아버지는 단지 변해갔다.

결정적인 계기는 진혁의 고등학교 진학을 앞두고서 찾아왔다. 새아버지의 선언은 간단명료했다. 아마도 새아버지는 그 말을 하기 위해 오랫동안 기다렸는지도 모를 일이었다. 그건 진혁의 고등학교 진학비용을 대주지 않겠다는 것이었다. 충격이었다.

새아버지의 논리는 단순했다. 집안의 형편이 넉넉지 않으니 중학교를 졸업하면 집안 살림을 도와 경제활동을 하는 게 당연하고, 또 선주를 좋은 학교에 보내 뒷바라지를 하려면 모든 가족이 돈을 아끼고 힘을 합쳐야 한다는 것이었다. 다른 집에서는 아들을 위해 딸이 희생했지만 진혁의 집에서는 그 반대의 상황인 셈이었다.

새아버지는 엄마와 진혁을 향해 전쟁을 선포한 셈이었다. 그리고 명분은 사랑하는 여동생의 행복이었다. 아무리 엄마가 설득하려 해도 그 문제에 대해서만큼은 새아버지의 결심은 단호했다. 고통스러운 상황이 눈앞에서 펼쳐졌다. 엄마가 어렵게 얻은 행복이 속절없이 눈앞에서 녹아내렸다. 엄마와 새아버지 두 사람에게 이 문제를 결정하게 한다는 것은 파경을 의미했다. 그 문제만 아니면 웃음으로 가득 찰 초원의 푸른 집이 이제는 무너져 내리는 절벽 위에 올라서고 있었다.

고등학교에 가지 않아도 성공할 수 있을 거라고, 서울에 가면 일자리가 있을 거라고 말을 꺼냈을 때, 엄마는 불같이 화를 냈다. 남자가 적어도 고등학교는 졸업을 해야 하고 더 나아가 진혁은 반드시 대학까지 마쳐야 한다고 말했다. 진혁의 친부도 아들의 미래를 위해 전쟁터에 나가 목숨을 희생했고, 또 엄마가 또다시 이혼을 하는 한이 있더라도 진혁의 교육을 포기하지는 않을 거라고 울분을 터뜨렸다. 그 후 며칠 동안 엄마는 진혁의 방에서 잠을 잤다. 그리고 새아버지와의 관계는 더욱 틀어져만 갔다.

새아버지가 던지는 눈초리들, 식탁 앞에 앉아 있을 때,

선주를 학교에 데려다주겠다고 할 때, 수업료 고지서가 나왔다고 할 때, 그럴 때마다 보여주는 그 눈초리들이 무엇을 의미하는지 진혁은 거의 매일 어려운 수학문제를 풀듯 생각해야만 했다. 내가 떠나면 엄마와 새아버지 사이는 아무 문제가 없겠지?, 진혁은 스스로에게 묻다 지쳤을 무렵 같은 질문을 인호에게 던졌다. 인호는 처음에는 대답을 꺼리더니 마침내는 수긍을 하고 말았다.

바깥세상은 진혁에게 있어 고등학교에서 배울 미적분 수학보다도 더 아는 게 없는 분야였다. 인호도 마찬가지였다. 두 사람이 아무리 머리를 맞대고 생각해 보아도 다른 아이디어는 없었다. 억울한 혼령처럼 진혁을 끈덕지게 따라다닌 생각은 오직 한가지였다. 진혁의 친부는 전장戰場에서 사망했고 두 번째 아버지는 엄마와 자신을 구타했다는 것, 그리고 이제 드디어 엄마는 좋은 남편을 만나 동생 선주를 낳고 행복하게 살고 있다는 것이었다. 진혁이 생각한 유일한 해결책은, 자신에게는 아무런 해결책도 아니었지만, 엄마와 선주를 위해 떠나는 것이었다. 떠난다는 생각을 하자 두려움이 해일처럼 진혁을 삼켜버렸고 오히려 그것이 정상적인 판단기능마저 마비시키는 듯했다. 오로지 떠나야만 한다는 생각 하나만이 진혁의 머릿속을 가득 채워버렸다.

진혁은 얼마 전에 가출한 같은 반 친구 동춘을 떠올렸다. 동춘은 부모님 몰래 서울로 떠나버렸다. 들려오는 말로는 어딘가 식당에서 일을 한다고도 했고, 포클레인 운전을 배운다고도 했다. 진혁은, 술, 담배를 하고 여자애들과 어울리며 정학을 밥 먹듯 당하던 그 친구와는 달랐다. 동춘은 적어도 진혁보다 세상사를 더 잘 알고 있었을 터였다. 진혁은 엄마와 선주, 그리고 공부밖에 몰랐던, 동춘과는 전혀 다른 부류의 사람이었다. 그렇다 해도 해야 한다는 것, 두려운 무엇인가를 해야 한다는 것, 그것이 더 강박적으로 진혁을 몰아세웠다.

엄마와 새아버지의 갈등은 외줄타기를 바라보는 것처럼 조마조마했지만, 정작 두려운 건 진혁을 바라보는 새아버지의 눈초리였다. 진혁을 얼어붙게 만드는 그 눈초리는 아무리 생각해도 정체를 알기 어려웠다. '넌 내 아들이 아니야.'라고 말하는 것 같기도 했고, '너는 선주의 오빠로서 부족해.'라고 말하는 것 같기도 했다. 생각해 보면 그 일이 있기 전까지 진혁은 새아버지의 칭찬을 먹고 자랐다. 새아버지는 언제나 진혁에게 '넌 내 아들이야.'라고 말했다. 시험에서 만점을 받거나 대회에서 상을 타오

기라도 하면 '내 아들이 최고야.'라며 진혁을 끌어안기도
했다. 하지만 조그만 사고 하나가 모든 것을 바꾸어 버
렸다.

열차시간이 다가왔다. 진혁은 비틀거리며 일어섰다. 주
위를 둘러싼 어둠이 모든 정기를 빼앗아가 버렸지만, 다
행히 짐이라 해봐야 작은 책가방과 옷 보퉁이 하나가 전
부였다. 진혁과 인호, 두 사람은 어둠을 헤치며 말없이
운동장 옆길을 걸어 내려왔다. 학교 정문 옆 자전거 보
관소에 이르렀을 무렵 자전거를 세우고 서 있는 남자의
모습이 보였다.

새아버지였다.

진혁은 깜짝 놀랐다. 다리가 후들거리고 가슴이 미친
듯이 두근거리기 시작했다. 간신히 몇 걸음을 더 옮겨서
멈추자 새아버지가 진혁을 쳐다보았다. 하지만 어둠은
새아버지가 어떤 표정을 짓는지조차 감추어버렸다. 어쩌
면 그게 사람들이 밤을 좋아하는 이유 중의 하나일 것
이다. 누군가의 눈과 누군가의 표정을 볼 수 있다는 것
이 불행의 원인일지도 모르기에. 물론 진혁도 이 순간
새아버지의 눈길을 마주하고 싶지 않았다. 침묵의 어색
함도 어둠 속으로 숨어들고 있을 무렵 새아버지가 입을

열었다.

"엄마가 너 없어졌다고 난리를 치는구나."

그렇게 말했다. 감정을 느낄 수 없는 말투였다. 그리고 그렇게만 말하고 말았다. 어린 시절 새아버지가 늘 입에 붙이고 살던 '너는 내 아들'이란 말을 기대한 건 아니었다. 진혁도 이제는 더 이상 그런 말을 듣고 싶지 않다고 마음속으로 곱씹었다. 그렇다 하더라도 새아버지는 더 이상 아무 말이 없었다. 진혁은 그 순간 새아버지가 하지 않은 말들 사이를 저도 모르게 헤집고 다녔다. 집으로 돌아가자. 고등학교는 가지 않더라도 가족들과 함께 지내자. 나도 너를 보내고 싶지는 않구나. 하지만 그런 말 대신 새아버지는 주머니에서 뭔가를 꺼내 진혁에게 내밀었다. 진혁은 고개를 숙이고 그가 내민 것을 받았다. 돈이었다.

"자리 잡거든 연락해라. 엄마 걱정하시니까."

그리고 새아버지는 자전거를 돌려세웠다. 진혁의 마음속에 어떤 기대가 남아있었던 것일까? 진혁은 그 자리에 주저앉을 뻔했다. 새아버지가 자전거를 타고 멀어져가는 모습이 꿈속의 한 장면처럼 희미하게 보였다. 눈물이 주르르 볼을 타고 흘러내렸지만, 진혁에게서 아버지를 빼앗아 간 그 자전거는 눈물을 조롱하듯 희미하게 반짝이면서 순식간에 저만치 달아나고 있었다.

진혁은 가방을 들고 인호는 보퉁이를 실은 자전거를 옆구리에 붙여 끌면서, 둘은 기차역을 향해 걸어갔다. 눈 몇 송이가 진혁의 볼에, 콧등에, 입술 위에, 차갑게 녹아내렸다. 인호는 걸어가는 내내 아무 말도 하지 않았다. 할 말은 많았지만 어떤 말도 할 수 없었다. 진혁은 얼굴에 녹아내린 눈들을 닦아내며 생각했다. 사람은 성장하면 떠나야 한다. 사람은 성장하면 부모 곁을 떠나야 한다. 하지만 쏟아지는 함박눈 송이들 사이사이로 진혁이 아직 풀지 못한 숙제가 또다시 떠올랐다. 새아버지의 눈초리들, 그건 무슨 의미였을까? 도대체 뭐가 잘못되었을까? 한 번의 자전거 사고, 그게 다였을까?

이야기가 끝나자 모두들 말이 없었다. 하지만 CCTV는 버럭 화를 냈다.

"그래서 도대체 그게 어쨌다는 거지? 늙은 할망구가 뭐라 하는지 도통 요점을 모르겠군. 진혁이라는 그 녀석이 집을 떠난 게 뭐 어쨌다는 거야? 그대로 집에 남아 있다가는 행여 예전처럼 두들겨 맞을까봐 떠난 거겠지? 아니 그런데 그게 왜 내가 늙은 할망구나무보다 못하다는 이유가 되냔 말이야?"

나는 CCTV의 단순함에 혀를 차고 말았다. 다들 입 밖에 꺼내지는 않았지만, 새아버지가 사준 자전거를 타며 즐거워하던 진혁이 오히려 그 자전거 때문에 집을 떠나게 된 상황에 대해 깊은 슬픔을 느꼈을 터인데, CCTV만은 그러지 않았다.

하지만 정작 나 역시도 라일락나무가 뭘 말하려 했는지는 쉽게 이해하지 못했다. 나는 그녀에게 물어보고 싶었지만 CCTV 앞에서 그런 모습을 보이고 싶지는 않아 그냥 기다리기로 했다. 또 어차피 CCTV가 나설 게 틀림없었다.

"안 그래? 지금 이 할망구는 망령이 나서 자기가 무슨 얘기를 하는지도 모르는 거야. 지금 여기서 중요한 것은 꽃을 피우는 게 아니라 사람들처럼 세상을 보고 사람들처럼 어떤 의식을 갖고 행동할 수 있느냐 하는 거지. 그 점에서 볼 때 여기 있는 누구보다도 내가 더 사람과 같은 존재라 이 말이야."

그럴듯한 CCTV의 말에 아무도 선뜻 반박을 하지 못하고 있을 때 라일락나무가 다시금 입을 열었다.

"에고, 멍청한 영감 같으니라고. 영감은 어느 시인의 꽃 얘기도 들어본 적 없쑤? 꽃은 불러주어야만 비로소 이름을 갖는다는 얘기 말이야."

나는 라일락나무의 얘기에 귀를 기울였다. 어쩌면 라일락나무가 CCTV의 코를 납작하게 만들어 줄 수 있을지도 몰랐다. 게다가 라일락나무가 사람과 같은 존재가 될 수 있다면 사람과 더 닮은 내가 그러지 못하리란 법도 없었다. 그러니 더더욱 라일락나무의 얘기가 궁금해졌다.

라일락나무가 계속 말했다.

"사람은 오직 인정받으려는 욕망으로 가득 차 있는 존재거든. 사람들은 오로지 남들에게 인정받으려 산단 말

이야. 인정받기 위해 돈을 벌고, 인정받기 위해 성형수술
도 받고, 인정받기 위해 텔레비전 오디션에도 나가고, 또
인정받기 위해 값비싼 보석으로 치장을 하기도 하지. 보
석을 그리도 잘 안다는 늙은 CCTV 양반은 사람들이 보
석을 좋아하는 이유는 정작 몰랐던 모양이지? 사람들에
게는 그게 전부야 전부. 남들에게 인정받고 싶은 욕망,
그게 다라구."

라일락나무의 얘기를 듣다 보니 어느 해 가을 벼 타작
을 하러 나온 주인아주머니가 생각났다. 그녀는 일하기
편한 작업복 차림에 머리 위에는 햇빛을 가리기 위해 차
양이 넓은 낡은 모자를 쓰고 있었다. 하지만 그녀는 일
터에 전혀 어울리지 않게도 알이 굵은 진주목걸이를 목
에 걸고 있었다.

김 씨 아저씨는 수시로 핀잔을 주었지만 그녀는 아랑
곳하지 않고 영롱하게 빛나는 진주들을 자랑스럽게 내보
이면서 작업을 계속했다. 끈으로 묶인 볏단을 탈곡기에
넣고, 짚단을 치우고, 타작된 알곡이 가득 담긴 자루의
주둥이를 묶는 그녀의 마음속에는, 언제나 그녀를 바라
보는 눈들이 둘러싸고 있었다. 라일락나무의 말이 옳았
다. 사람들은 인정받기를 원했고 인정받는 기쁨으로 살

아갔다.

생각해 보니 내게는 그런 욕망이 없었다. 나는 새들이 날아와 나락을 쪼아 먹으려 할 때 있는 힘을 다해 참새들을 노려보며 그들을 쫓아냈고, 그런 내가 있기 때문에 사람들은 수확의 즐거움을 더 크게 누렸지만, 그렇다고 해도 나는 사람들로부터 인정받고 싶다는 생각을 해 본 적은 없었다. 또 나를 만들어 들판에 세워 준 주인아저씨나 다른 어느 누구도 내게 참새를 쫓아내줘 고맙다고 칭찬을 해준 적이 없었다. 그리고 보면 사람과 같은 존재가 될 수 있는 비결은 나와는 완전히 동떨어진 욕망이었다. 그런 생각이 들자 나는 나도 모르게 큰 한숨을 내쉬고 말았다.

그러자 라일락나무가 내 한숨을 받았다.

"허수아비야, 너무 실망할 필요는 없단다. 넌 아직 한 번도 인정을 받지 못했던 것뿐이야. 하지만 지금부터라도 누군가가 널 인정하기 시작하면 아마도 네 자신에 대한 욕망이 봄볕에 꽃망울 터지듯 거침없이 폭발하게 될 거야. 날 보렴. 이렇게 늙은 할미가 4월이 오기만을 기다려 죽을힘을 다해 꽃을 피우는 이유가 뭐겠니?"

"그게 뭔데요?"

나는 아직도 시무룩한 기분을 걷어내지 못한 채 물었다. 물론 그럴 수만 있다면 그렇게 하고 싶었다. 하지만 허수아비인 나에게 어떻게 그런 욕망이 생긴단 말인가.

"허수아비야, 이 할미는 말하자면 포로가 되어버린 거야. 전쟁포로처럼 말이야. 사람들이 이 할미를 보며 감탄하면서 놀란 입을 다물지 못할 때, 이렇게 예쁜 꽃은 처음 보았다고 하면서 말이지. 어떤 사람들은 내가 피운 꽃을 찬양하는 시를 읊기도 한단다. 내가 처음 들은 시는 말이야. 그 시는……. 그 시는 말이지……."

그녀는 한참 동안 말을 잇지 못했다. 그녀는 오래 전에 들었다는 아름다운 시어들을 기억해내려 애썼다. 하지만 이내 포기하고 말았다.

"에고, 이제는 너무 늙어 그 아름다웠던 시들을 기억조차 못하겠구나. 하지만 허수아비야, 파이프를 손에 쥔 어느 시인은 나를 향해 '아름답도다. 4월의 보석이여!'라고 말하고는 세상에서 가장 아름다운 시어들을 쏟아냈었단다. 그 아름다운 말들을 들으면서 나는 나 스스로의 자랑스러움에 갇힌 포로가 되고 말았단다."

그녀의 꿈꾸는 듯한 회상이 이어지자 CCTV가 참지 못하고 끼어들었다.

"이거 봐요, 늙은 할망구. 도대체 지금 그 얘기가 진혁이 집을 나간 얘기와 무슨 상관이 있다고 그래? 쓸데없는 얘기들은 집어치우고 요점을 말해봐. 저기 해가 떨어지고 있는 게 보이지 않아? 해가 떨어지기 시작하면 꽃보다 더 빨리 지는 게 석양이야. 해가 지면 난 할망구와 달리 정신을 바짝 차리고 이 집을 지켜야 돼. 할망구는 내가 늙은 영감으로만 보이겠지만 내가 없으면 할망구는 이미 어느 집 아궁이 불쏘시개가 되어 있을지 모른다고!"

나는 나도 모르게 CCTV의 말에 공감하고 말았다. 진혁이 엄마 곁을 떠난 이유와 라일락나무가 말하는 사람들의 욕망 사이에는 어떤 관련성도 있을 것 같지 않아 보였기 때문이었다.

"허수아비야, 내 말을 들어보렴."

라일락나무는 이제 CCTV는 무시하고 나를 향해서만 이야기를 계속했다.

"해마다 4월이 되면 나는 예쁜 꽃을 피워 사람들의 찬사를 받곤 했지. 그런데 어느 해인가 몹시 가문 해가 있었단다. 온몸이 말라비틀어질 정도로 볕만 내리쬐고 물한 모금 축일 수 없었던 그 해, 그래도 이 할미는 죽을힘을 다해 꽃을 피웠단다. 왜냐하면 꽃을 못 피울 바에야 차라리 죽는 게 낫다고 생각했으니까. 그런데 그렇게 힘들게 꽃을 피웠는데 말이지. 그 해 사람들이 내게 던진 상처의 말들, 그 말들이 아직까지 내 몸 구석구석에 낙인처럼 남아 있는 것 같구나."

그녀는 몸서리를 치며 얘기를 이어나갔다.

"사람들이 이 할미를 향해 이렇게 빈정대더구나. '아니 꽃이 뭐 이래! 이게 꽃이야!' 이 할미가 꽃을 피운 이래 처음이었단다. 그동안 이 할미가 느꼈던 엄청난 자부심들이 한순간에 날아가 버리더구나. 그 멸시와 조롱의 눈빛 하나에 이 할미가 여러 해 동안 쌓아올린 모든 것들이 무너져 내렸지."

나는 조금씩 그녀의 얘기를 이해하기 시작했다. 어쩌면 진혁도 그 사건 이전의 칭찬들을 그리워한 나머지 새아버지의 냉담한 눈초리를 견디지 못했을지 모를 일이었다.

"허수아비야, 그래서 말이지. 이 할미는 그 뒤로는 더 많은 노력을 했단다. 물론 그 후엔 찬사들이 이어졌지. 어느 시인이 이 할미를 향해 '아름다운 4월만이 모든 계절을 수놓았으면' 하고 말해 주었을 때 이 할미는 다시 행복감을 느꼈단다. 하지만 생각해보렴. 비가 내리지 않는 가뭄이 오면 어떻게 그걸 피할 수 있겠니? 아름다운 꽃을 피우려면 햇빛도 있어야 하고 비도 많이 내려야 하지. 그런데 그걸 이 할미 혼자 힘으로 어떻게 할 수 있겠니? 그래서 무던히 마음을 비우려 노력했단다. 예쁜 꽃을 피우려 최선을 다하겠지만 실패하더라도 상처를 받지는 말자, 이렇게 말이야."

CCTV는 또다시 끼어들면서 "늙은 할망구가 제법이군."이라고 빈정거렸지만, 라일락나무는 아랑곳하지 않고 칭찬과 비난에 초연하려 했던 자신의 노력에 대해 얘기를 이어갔다.

"그런데 말이야. 허수아비야, 두세 해가 지난 후 다시 한 번 가뭄이 온 적이 있었단다. 이번에도 또 사람들이 이 할미의 꽃을 흉보기 시작했지. 나는 마음의 준비가 되어 있다고 생각했었단다. 이제는 상처받지 않겠다고 말이지. 여러 번 그런 생각을 했거든. 실패에 대한 생각, 실패에 대한 대비 말이야. 스스로에게 너무 많이 되뇌어서 외울 정도가 된 위로의 말들이 준비되어 있었단다. 하지만 말이지, 정말이지 이건 이 할미도 이해하기 어려운 일이란다."

라일락나무는 여기까지 말한 뒤 한숨을 크게 내쉬었다.

"정말이지 이 할미의 생각, 결심, 이런 것들은 아무 소용이 없더구나. 사람들의 비난의 말들 하나하나가, 조롱의 단어들 하나하나가, 모두 비수가 되어 내 온몸을 파고들었단다. 그 고통을 차마 어떻게 말로 표현하겠니? 이 할미는 어리석게도 예전의 상처가 다 아물었으리라 생각했었단다. 하지만 상처들은 고스란히 그대로, 아니 더 크게 자라 남아있더구나. 그리고 거기에 새로 생긴 상처들까지 더해졌지."

상처라는 단어를 말할 때마다 그녀는 고통스럽게 몸을 뒤틀었다. 그녀의 나뭇가지들이 뒤틀린 이유가 그 상처들 때문일지도 모른다는 생각에 나는, 그녀에게는 꽃이 곧 삶이자 죽음이 될 수 있겠다는 철학적인 생각까지 하고 말았다.

"허수아비야, 그렇게 수많은 시간들을 살아오면서 이 할미는 한편으로는 자랑스럽기도 했지만 한편으로는 너무나 두려웠단다. 지금까지도 말이야. 만일 내년에 예쁜 꽃을 피우지 못한다면 어떻게 될까? 그럴 바에야 이 할미는 차라리 죽어버릴 생각이란다. 수많은 사람들이 나를 쳐다보면서 던지는 그 멸시와 조롱의 눈초리를 어떻게 더 견디겠니? 이 할미는 너무 두렵단다. 그 두려움을 피하기 위해 이 할미는 또다시 예쁜 꽃을 피우기 위한 욕심에 내몰릴 수밖에 없구나."

그녀가 다시 긴 한숨을 내쉬자 한숨은 스스로 생명을 가진 듯 그녀의 뒤틀린 몸통과 가지들 앞에서 빙글빙글 돌면서 소용돌이치기 시작했다.

"허수아비야, 이 할미는 아직도 해답을 모른 채 이렇게 죽어가고 있단다. 사람들이 이 할미를 지나쳐 화려하게 핀 목련을 바라볼 때, 분홍빛 진달래를 보러 산에 오르는 모습을 지켜볼 때, 이 할미는 도대체 어디에 숨어 있어야 하겠니? 저 고상치 못한 아카시아 꽃을 보며 라일락보다 더 향기롭다고 말하는 사람들을 보면 또 어떡해야 하겠니?"

라일락나무는 두려움에 떨고 있었고, 그녀가 내쉰 한숨의 회오리가 이제는 내 마음까지 떨게 하는 것 같았다. 아름다운 꽃을 피우는 라일락나무의 마음속 깊은 곳에 저런 두려움이 존재하다니, 정말 예상치 못한 놀라운 일이 아닐 수 없었다. 나는 매에게 쫓기는 참새들에게서도 그런 두려움을 목격한 적이 없었다. 참새들은 나락을 쪼아 먹다가 매가 나타나면 전력을 다해 달아났지만 그들은 그저 놀라서 달아날 뿐 두려움을 느끼지는 않는 것 같았다. 오히려 바라보는 내 마음이 더 조마조마할 뿐이었다. 그런데, 라일락처럼 아름다운 꽃의 이면에 그런 깊은 두려움이 존재하다니. 정말 라일락나무의 말이 옳다면, 그런 두려움이 인간의 본질이라면, 나는 차라리 인간이 되지 않는 게 낫겠다는 생각까지 들 정도였다.

기다렸다는 듯 CCTV가 또 끼어들었다.

"이봐, 늙은 할망구. 당신 말은 다 쓸데없는 넋두리야. 진혁이란 놈은 단지 새아버지에게 두들겨 맞을까봐 무서워서 도망갔을 뿐이라구. 욕망의 심리학이니 하는 것들은 그저 겁쟁이들이 둘러대는 핑계에 불과해. 그게 얼마나 우스운 일인 줄 알아? 사람들은 겁을 먹고 도망치고 나서는 무의식이니 정신분석이니 하면서 떠들어 대거든.

쉽게 말해 사람들이 말하는 인정받고 싶은 마음 이런 것들은 다 겁쟁이들이 변명하려고 지어낸 말들일 뿐이야. 할망구 당신도 이제는 받아들여. 슬슬 뒷방 늙은이로 물러날 각오를 하라 이 말이지."

"영감탱이 하고는….."

라일락나무는 CCTV에 대해서는 그렇게만 대꾸하고 말았다. 하지만 그 후로도 내게는 한참 동안 사람들과 욕망에 대해 가쁜 숨을 몰아쉬며 얘기를 계속했다. 사람은 끊임없는 칭찬과 비난을 받는 과정에서 태어나며, 때로는 칭찬과 비난에 지쳐 스스로 죽기를 원하게 된다고.

나는 잠시 무서운 생각이 들기도 했다. 인정받지 못하면 차라리 죽기를 원하다니. 하지만 라일락나무의 얘기를 듣다 보니, 타인이 인정해줄 때에만 비로소 존재의 이유를 얻게 되는 존재가 인간이라면, 인간이 과연 스스로의 삶의 주인이라고 말할 수 있을지 의문이 들기 시작했다. 나는 점점 혼란스러워졌고 끝없는 질문의 늪에 빠져들고 있었다. 인간으로 살아가는 진정한 모습은 어떤 것일까, 스스로의 삶의 주인이 된다는 말의 참뜻은 무엇일까, 더 나아가 삶의 주인이 된다 함이 얼마나 큰 의미를 가지고 있을까?

댓잎 떨어지는
소리를 듣다

밤이 깊어갔다.

나는 라일락나무의 얘기들을 되새기면서 곰곰이 생각해보았다. 스스로의 삶의 주인이 되어 살아가는 모습은 어떤 모습일까? 남들에게 인정받는 삶을 추구하는 것일까, 아니면 남들이 뭐라 하던 스스로의 길을 가는 것일까? 그러나 생각하면 할수록 나는 더 혼란스러워졌다. 만일 라일락나무의 말대로 타인과 사회의 인정이 사람들의 존재의 조건이라면, 타인에게 의존하지 않고 홀로 주체적으로 존재할 수는 없다는 뜻일까? 그러나 그런 의문을 풀기에는 감나무 아주머니나 CCTV에 비해 나는 너무도 아는 게 없었다.

　나는 한 번도 라일락나무처럼 욕망과 두려움에 춤추는 마음을 가져본 적이 없었다. 그러니 그녀가 한 말들의 의미를 제대로 알기는 어려웠다. 그래도 나는 그렇게 욕망과 두려움에 떠는 마음을 갖고 싶지는 않았다. 라일락나무의 모습은 나에게, 만일 그런 기회가 온다면, 만일 내게 욕망과 두려움을 가진 삶의 주인이 되는 기회가 주어진다면, 그때는 어떡해야 할까 하는 섣부른 고민을 안겨주기까지 했다.

　나는 단지 내 몸을 마음대로 자유롭게 움직이고 싶었을 뿐이었다. 그리고 할 수만 있다면 바다를 향해 떠나고 싶었다. 바다에 생각이 미치자 나는 라일락나무의 말들을 금세 잊어버리고 다시금 간절하게 소망하기 시작했다. 그런 점에서 보면 그 순간 나는 사람들의 모습에 가까워지고 있었다. 한 가지 욕망에 사로잡히면 다른 건 모두 잊고 오로지 그 욕망만을 좇는다는 점에서.

　어쨌든 나는 그 순간 소원을 빌었다. 꼭 누군가에게 소원을 빌었다기보다는 내 안에 있을지 모르는 혹은 저 멀리 우주에 있을 초월적 존재를 향해 기도하는 심정으로 마음을 모았다. 남들에게 인정받지 못할까 두려움에 떠는 인간이 아니라, 욕망을 좇아 필사적으로 분투하는 인간이 아니라, 자유로운 마음을 가지고 자기 스스로의 진정한 주인이 되어 살아가는 그런 존재가 될 수 있기를 나는 간절히 소망했다.

그렇게 나의 간절한 마음이 어둠 속에 안개처럼 스며들고 있는 사이에도 시간은 시나브로 흘러갔다. 시간을 느끼고 있자니 문득, 어쩌면 시간이야말로 모든 것의 근원이거나 세상의 비밀이 아닐까 하는 생각이 들었다. 하지만 움직이지도 않고 변화하지도 않은 채 한 자리에 그대로 있다 보니 나에게는 시간의 흐름도 큰 의미가 없었다. 시간이 의미를 가지려면 변화가 뒤따라야 할 텐데, 나는 미동도 못하고 대나무에 걸려 있을 뿐이었다.

나는 갑자기 모든 게 허무해지기 시작했다. 사람들은 삶이 자신들의 생각과 다르게 변해가기 때문에 허무하다고 말하지만 나는 오히려 삶이 변하지 않고 있기 때문에 허무하다고 해야 옳을 것 같았다. 사람들은 좋았던 시절의 영화 榮華 를 생각하면서 삶이 허무하다고들 했지만 나에게는 변화 없는 삶이 오히려 허무했다. 그러고 보니 허무는 삶의 본질에 대한 문제가 아니라 욕망의 좌절에서 비롯된 감정상태일 뿐이라는 철학적인 생각이 들기도 했다.

어둠은 더욱 짙어졌다.

사방은 빛이 생겨나기 이전으로 돌아간 것처럼 어두워졌고, 주위가 조용해지자 내 머릿속은 더 복잡해졌다. 묘하게도 주변이 고요해질수록 내 마음은 반대로 소란스러워졌다. 잘난 체하는 늙은 CCTV와 현학적인 감나무 아주머니의 말들이 시시때때로 내 생각들 사이사이에 끼어들었고, 오리 사냥개에 대해서는 어쩐지 미운 생각만 들었는데 그건 아마도 오리 사냥개가 나를 물어뜯으려 했기 때문이었을 것이다.

미워하는 마음이 제멋대로 커지기 시작하자 나는 마음을 진정시키기 위해서 다시 한 번 아까의 소원을 빌었다. 어쩌면 사람들이 교회나 절에 다니는 이유도 그런 미워하는 마음을 이기려고 하는 것일지도 모른다는 생각이 들었다. 나는 점점 어떤 한 가지 대상에 신경을 집중해야만 번잡한 생각들이 사라지고 마음이 안정된다는 사실을 깨우쳐가고 있었다. 나는 온 마음을 모아 내가 사람들처럼 내 스스로의 주인이 될 수 있기를, 그리하여 바다로 여행을 떠날 수 있기를 간절히 기도했다.

그때였다. 갑자기 내 몸이 움직이기 시작했다.

나는 그 순간 기도가 통했다고 생각했다. 누구인지 모

를 누군가를 향한 나의 기도가 마침내 전달된 것이다. 내 몸이 양옆으로 흔들리기 시작하자 나는 드디어 사람들처럼 내 몸을 스스로 움직일 수 있게 되었다고 믿었다. 내 간절한 소망이 이루어진 것이다. 나는 말할 수 없는 기쁨과 환희에 젖어 팔다리를 움직여보려 했다. 온 힘을 다해 팔과 다리에 신경을 집중했다.

하지만 기대와는 달리 내 팔다리는 꿈쩍도 하지 않았다. 천과 솜 덩어리로 만들어졌는데도 마치 쇳덩어리로 만든 것처럼 내 몸은 무겁기만 했다. 그러나 여전히 내 몸은 좌우로 흔들리고 있었다. 내가 스스로 움직이는 게 아니라면 누가 나를 흔들고 있을까?

나는 허수아비의 눈빛을 가진 집주인아저씨를 떠올렸다. 그가 어둠 속에서 나를 붙잡았음에 틀림없었다. 어쩌면 그가 나를 다시 강물에 데려가려 하는지도 몰랐다. 그 생각에 이번에는 현실적인 기대감이 몰려왔다. 비록 내가 스스로 움직이지는 못하지만 그가 나를 강변으로 데리고 가기만 하면 된다. 나는 그가 나를 거꾸로 들고 길을 걸어가는 모습을 그려보았다. 하지만 아무리 기다려도 내 몸은 그 자리를 벗어나지 못했다. 게다가 어둠 속에서 오리 사냥개의 껌벅이는 눈빛이 나를 향하고 있는 게 느껴졌다. 나는 움직이고 있었지만 어딘가를 향해 움직이는 게 아니었다. 단지 흔들리고 있을 뿐이었다.

그때 밤하늘을 맑게 울리는 젊은 여성의 목소리가 들려왔다.

"허수아비야, 사람이 되려면 말이야."

그 목소리와 함께 내 몸은 계속해서 흔들렸다.

"허수아비야, 사람과 같은 존재가 되려면 말이야, 어떤 부족함을 가지고 있어야 해."

이건 대체 무슨 얘기지, 하고 생각하는 와중에도 내 몸은 공중에서 계속 흔들렸고, 그렇게 흔들릴 때마다 맑고 영롱한 목소리가 들려왔다.

"사람과 같은 존재가 되려면 일단 부족함을 느껴야 해. 그건 말하자면, 채워지지 않는, 그리고 반드시 채워져야 할 어떤 부족함이 있어야 한다는 뜻이야. 그 부족함을 채우기 위해 욕구를 부르는 그런 부족함 말이지."

나는 누가 그런 말을 하고 있는지 찾고 있으면서도 그 말이 논리적이지는 않다고 생각했다. 부족함은 주인의 입장에서가 아니라 노예나 하인의 처지에서 느끼는 감정이었다. 사람들과 같이 삶의 주인으로서의 존재가 된다는 건 부족함이 아니라 오히려 채워짐이고 보다 완전해

짐이었다. 그러니 설령 사람들이 조금씩은 부족한 상태에서 살고 있다 해도 그런 부족함 자체가 사람이 되는데 중요한 요소가 될 리는 없었다.

"허수아비야, 너는 어떤 부족함이나 욕구를 느끼지는 않고 있지 않니? 그런 것을 느끼지 않는데 어떻게 사람과 같은 존재가 되려고 하는 거니?"

드디어 나는 목소리의 주인공이 누구인지 알 것 같았다. 나는 대나무의 목소리를 듣고 있음에 틀림없었다. 나는 등이 대나무에 걸려 있어서 대나무를 정면으로 볼 수는 없었지만, 그 목소리는 내가 움직일 때마다, 정확하게 말하자면 내 몸이 흔들릴 때마다 들려왔다.

다시 목소리가 울리며 내 몸을 흔들었다.

"그리고 그건 CCTV 아저씨도 마찬가지가 아닐까요? 의식을 가지고 있다 하더라도 생명으로부터 발원하는 부족함, 필요, 욕구, 그리고 욕구를 충족했을 때의 쾌락을 알아야만 진정한 자기 스스로의 주인이 될 수 있을 거라 저는 생각해요."

　대나무는 부족함이 사람다운 삶을 만든다는 이해할
수 없는 말을 했다. 그녀의 생각은 의식이 전부가 아니라
는 점에서는 내 생각과 같았다. CCTV는 스스로의 자발
적인 욕구를 가진 게 아니라 사람들이 미리 입력해 놓은
프로그램만이 전부였다. 이런 경우에는 이렇게, 저런 경
우에는 저렇게, 그런 식으로 사전에 프로그램된 내용에
따라 행동하고 판단할 뿐이었다. 하지만 그렇다 해도 부

족하다는 사실이 삶의 주인을 만들어 줄 리는 없었다.

"부족? 욕구? 쾌락? 그런 게 도대체 뭔데? 왜 그런 것들이 사람이 되는 요건이 된다는 거지?"

CCTV가 거칠게 되묻자 대나무는 다시 영롱한 목소리로 내 몸을 흔들었다.

"욕구의 순환이 있어야 비로소 사람과 같은 삶의 주인이 된다는 말이죠. 부족함, 부족함에서 생기는 욕구, 간절함, 고통, 두려움, 부족함을 채우는 데서 오는 쾌락, 결여와 만족으로부터 생겨나는 감정들, 이런 것들이 바로 사람을 삶의 주인으로 만드는 씨앗들이거든요. 하지만 아저씨에게는 그런 씨앗들이 없잖아요?"

그녀의 말대로라면 나 역시 사람이 되거나 내 스스로의 주인이 될 가능성이 전혀 없었다. 그녀의 말들은 이제 내 몸뿐만 아니라 내 마음까지 동요시키고 있었다.

"채워지지 않은 부족함은 욕구를 낳고, 욕구는 쾌락이라는 수단을 통해 충족을 향해 나아가고, 충족은 시간을 통해 새로운 부족함을 낳고, 이런 순환이 바로 나라는 관념이 생겨나는 씨앗이거든요. 사람들처럼 자신의 주인이 된다는 건 말이죠, 기본적으로 불안정해야만 하고 그런 욕구와 충족의 순환이 있어야만 하거든요."

나는 대나무의 말을 이해할 수 없었고 받아들이기도 싫었다. 내가 생각하기에는 스스로의 주인이 된다는 건 부족함과는 정반대의 뜻이어야 했다.

"사람들의 욕구나 욕망이라는 것은 말이에요, 그 욕망이라는 건…."

대나무는 말을 이어가다가 갑자기 소스라치듯 몸을 떨기 시작했다. 내 몸도 덩달아 거칠게 흔들렸고 곧이어 그녀는 소름 끼치는 기억을 회상하기 시작했다.

"그 날 밤은 정말로 어두운 밤이었어요. 칠흑같이 어두운데다 안개가 얼마나 자욱한지 그 음습한 기운이 숨쉬기조차 힘들게 하는 그런 불안하고 축축한 밤이었죠. 벌레 움직이는 소리도 어둠에 갇히고 바람이 저의 댓잎을 간질이는 느낌조차도 안개에 갇히는 그런 밤 말이에요."

나도 물론 그런 밤들에 대해서 잘 알고 있었다. 들판에 서서 수시로 맞이하는 게 그런 밤이었고, 별도 뜨지 않고 달도 사라져버린, 안개에 숨 막히는 그런 밤이 오면, 나는 평소에는 짜증스럽기만 하던 개구리들의 울음소리를 그리워하곤 했었다.

"밤이라는 게 늘 그렇잖아요."

대나무는 내 몸을 계속 흔들면서 얘기를 이어나갔다.

"밤에는 언제나 사람들의 욕구와 기대, 불안, 두려움, 이런 것들이 생명을 얻고 안개와 함께 스멀스멀 피어나죠. 그래서 밤은 언제나 사건과 범죄의 원인이 되기도 하고 말이에요. 어느 철학자의 말처럼 밤은 여러분의 생각보다 훨씬 깊거든요. 그런 밤의 깊이를 모르는 사람들이 쾌락을 극복했다고 쉽게들 이야기해요. 하지만 정말 그럴까요? 그들이 욕구와 쾌락을 영원히 극복했을까요, 아니면 일시적인 환상이었을까요? 만일 욕구나 쾌락을 영원히 극복했다면 그들은 여전히 사람일까요, 아니면 사람을 초월한 다른 어떤 존재일까요?"

밤의 깊이. 그건 내가 가장 잘 아는 분야였다. 나는 수많은 밤을 지켜보았다. 하지만 대나무는 내가 알고 있는 밤이 아닌 다른 무엇인가에 대해 얘기하고 있었다. 그녀는 점점 모든 것을 욕구와 쾌락으로 얘기할 참이었다. 하지만 내 생각에는 욕구와 쾌락을 가진 존재들이 모두 사람들처럼 자기 삶의 주인이라거나 의식이 있다거나 하지는 않을 것 같았다.

대나무는 내 마음속의 생각을 무시하듯 얘기를 이어나갔다.

"제가 그날 밤의 얘기를 들려 드릴게요. 이 집 주인아
저씨가 우리를 흉포하게 공격한 그 날에 대해서 말이죠.
물론 저도 집주인아저씨가 왜 그렇게 분노했는지 그 이
유를 정확하게는 설명할 수 없어요. 하지만 그게 욕구와
쾌락을 극복하려는 어떤 몸부림이었던 것만은 틀림없어
요. 욕구와 쾌락, 그리고 그것을 극복하려는 욕망과 좌
절에 근원이 있다는 것만큼은 확실해요. 그는 그날 밤,
모든 생명의 힘을 부정하면서, 저를, 우리 모두를 죽이려
했어요. 그 날 밤!"

　대나무는 연이어 내 몸을 격렬하게 흔들었고, 대나무
에 걸린 나는 어찌할 도리 없이 그녀의 손에 몸을 맡긴
채 얘기에 빨려 들어갔다.

　"그 날 밤, 그가 갑자기 현관문을 박차고 나와서는 핏
발서린 눈으로 저를 노려보더니 도끼를 휘두르기 시작했
어요. 제가 '댓잎 하나'를 떨어뜨렸다는 아주 사소한 이
유로 말이죠. 댓잎을 떨어뜨리는 건, 라일락나무가 꽃
을 피우듯이, 감나무가 열매를 맺듯이, 지극히 자연스러
운 생명현상에 불과한데도 말이에요. 그걸 이유로 그는
저를, 우리 모두를 죽이려 했어요. 저는 아직도 그가 도
끼를 어깨 위로 추켜올리던 그 순간을 잊을 수가 없어

요. 아, 불타는 그의 눈빛, 온몸에서 뿜어져 나오는 기세 등등한 살기, 지금 다시 생각해도 그때 느꼈던 두려움이 온몸을 덮쳐 와요. 그는 소름 끼치도록 무서운 말들을 내뱉고는 저를 난도질하기 시작했어요. 저는 아직도 그가 내뱉은 말들을 모두 기억해요. 제 잎사귀들 하나하나가 그 소스라치는 단어들 하나하나를 모두 생생히 기억하고 있어요."

바람 한 점 없는데도 폭풍을 만난 듯 요동치면서 대나무는 그가 그날 밤 내뱉었다는 말들을 머리카락의 숫자를 세듯 한 올 한 올, 한 마디 한 마디 떠올리기 시작했다.

❖

한 오리 달빛도 사라진 칠흑 같은 밤
촛불 하나로 세상 모든 후미짐도 밝힐 그 깊은 어둠에 올라타
너희 생명의 숭배자들은 무슨 음모를 꾸민단 말이냐
윤 없는 광인의 머리칼이 난무하는 흉몽 속에서 오직 쾌락과

고통만을 추구하는 자들아
너희는 무슨 비밀을 도모하며 무슨 소란을 꿈꾸느냐
너희들, 밤의 정기로 숨 쉬고 현자의 고요를 먹어 치워
생명을 잉태하는 자들아

이 밤 나는 말없이 홀로 앉아 있었다
혹시라도 너희는 알았더란 말이냐
홀로 있음은 엉켜 어울림이며 말 없음은
사념思念들의 전쟁이라는 사실을
혹시라도 너희는 보았더란 말이냐
홀로 앉아 친구와 적을 만들고 생각만으로
사람과 영혼을 해치는 모습을
너희들, 번뇌가 즐겁고 망상이 행복한 너희들은
그것을 알았기에 나를 소환하였더란 말이냐

그러나 내 사실대로 말하련다
오늘 밤 나는 번뇌를 잊은 채 망상조차 떨치고 여행하였다
존재의 심연을 향한 외로운 여정에서
과거의 추억과 미래의 기억들을 만났다

그들은 상처의 아픔과 영광의 꿀물로 의미를 탐했다
하지만 나는 진저리나게 달콤한 의미들을 거슬러 드디어는
새벽보다 고요한 내 안의 정적에 이르렀다
그리하여 마침내 깨닫게 되었다
홀로 있음! 그것은 번뇌의 시작이자 끝이요,
말 없음! 그것은 망상의 근원이자 종언이라는 사실을

여행 끝 텅 빈 공간을 보아라
갓 피어난 백합도 시샘하고 바람 잔잔한 호수도
흉내 못 낼 순수와 평화가 거기 있었다
존재가 시원始原으로 돌아간 텅 빈 그곳에서
나는 드디어 신神을 만났다
홀로 떠난 여행 끝에서 만난 투명한 막들을
끝없는 관조觀照로 벗겨내자
혼돈이지만 혼돈이 아니고 의미이지만
의미가 아닌 우주가 빛났다
기쁘되 기쁘지 않고 슬프되 슬프지 않은 참된 우주의 모습으로

하지만 너희가 한 짓을 보아라

나를 잊은 이 고요의 바다에
너희는 댓잎 하나를 떨어뜨려 폭풍을 도모하였다
나는 눈을 감은 채 보았다 어둠 속에서 댓잎 하나가
우주를 들썩이며 떨어지는 모습을
나는 귀를 막은 채 들었다 안개 속에서 댓잎 하나가
존재의 본질 속으로 떨어지는 소리를
경계도 없고 장애도 없는 순수의식의 상태에서
그 충일한 평화의 공간에서 나는 댓잎 하나가
전하는 생명의 떨림을 느끼고야 말았다

오만한 자들아
너희는 댓잎 하나로
순수와 평화를 깨뜨릴 수 있다 믿었단 말이냐
존재의 이상이 어둠과 정적을 넘어 순수와 평화의 영원성을
음미하고자 할 때
너희는 어깨를 으스대며 댓잎 하나를 떨어뜨렸다
너희들은 댓잎 하나로도
진리와 이상을 시해할 수 있다 믿었구나
그리하여 너희 오만한 자들은 댓잎 하나를 통해

존재는 순수하지 않으며
평화는 존재할 수 없다고 선언하였구나

이제 내가 여기 선 이유를 들려주마
내가 천둥처럼 일어나 핏발선 도끼를
시퍼렇게 추켜든 이유를
너희는 순수의 아름다움을 찰나의 환상이라 조롱하였다
너희는 평화의 고요함을 순간의 만족이라 비웃었다
하지만 너희들이야말로 조롱과 비웃음의 대상이 아니었더냐
너희가 추구한 생명과 쾌락이야말로
역사가 넘고자 한 고통의 근원이 아니었더냐
진리의 법정에서 사형선고는 언제나 너희들의 몫이었다

두려움에 떠는 소리가 벌써부터 들려오는구나
도끼를 내리치기도 전에 피를 흘리는
너희들의 정체는 무엇이냐
이미 여러 번 죽고도 마치 처음 죽는 듯 꾸미는 것이더냐
하지만 나는 알고 있다
수많은 선현들이 싹을 잘랐어도 너희는 매번 되살아나

또다시 처음인 듯 떨고 있지 않느냐
너희들은 한 번도 온전히 죽지 않았다
성스러운 피를 흘려 죽음을 가장하고 고통으로 물들여
쾌락을 감추었을 뿐

하지만 이제 너희는 진정한 죽음을 맞게 되리라
나는 너희들의 줄기와 이파리를 남김없이 제거할 것이다
순수에의 열망과 평화에의 의지로 날을 세운 이 도끼를
한 치의 주저함도 없이 너희들의 정수를 향해 내리칠 것이다
수직으로 조개고 수평으로 토막내며
생명의 흔적조차 남지 않도록 뿌리까지 난도질하리라
그리하여 죽음조차 느끼지 못할 쾌락과 고통의 소멸 속에서
참다운 죽음을 맞이하도록 하리라

그 자랑스러운 죽음 위에 굳게 서리라
토막난 욕망의 줄기와 잘려나간 생명의 뿌리 위에
순수와 평화의 왕국이 굳게 서리라
너희들의 죽음을 씨앗 삼아 역사는 새롭게 출발할 것이다
그리하여 태초에 존재했던 평화의 공간이 우리 안에 존재하며

정토에 현현할 순수의 이상이 바로 우리 자신임을 증명하리라
너희가 떨어뜨린 댓잎이 존재의 여정 끝에 형체도 없이
소멸하였음을 기어이 선언하고야 말리라

나는 줄곧 거칠게 흔들렸다.

　　"그는 그런 엉터리 같은 말들을 내뱉고 나서는 정신병자처럼 도끼를 휘둘렀어요. 그 어마어마한 광기는 눈으로 직접 보지 않고서는 상상조차 하기 힘들 거예요. 물론 CCTV 아저씨는 뒤돌아 있었기 때문에 보지 못했겠죠. 하지만 여기 있는 우리들은 모두 목격했어요. 그런 광기는 대체 어디서 온 걸까요? 그건 억눌린 욕구의 폭발이 아니라면 설명하기 힘들 거예요. 마치 몇 달을 굶주린 하이에나가 초원에서 썩은 고기를 발견하고 미친 듯이 뜯어먹는 그런 모습 같았어요."

　　나는 나를 이곳에 데리고 온 집주인아저씨가 그런 모습으로 대나무에게 도끼를 휘둘렀다는 사실이 믿기지 않았다. 그것은 수다 떨기 좋아하는 젊은 처녀들의 들뜬 과장일지도 모를 일이었다. 더구나 그녀의 말대로 그가 도끼를 휘둘러 대나무를 다 토막내었다면 내가 지금 이렇게 살아 있는 대나무 위에서 흔들리고 있지도 않을 것이다.

"그는 제 뿌리와 줄기를 전부 토막내어 버렸죠. 그리고 제 잎사귀들을 모조리 짓이겼어요. 더는 제가 그의 정원 안에서 자라는 꼴을 보지 못하겠다는 듯이 말이죠. 그때의 어마어마한 고통이란 말로 형용하기 어려워요. 하지만 말이에요. 그는 사실 어두움 속에서 조롱당하고 있었어요. 그는 사실 우리들 모두에 의해서 조롱당하고 있었던 거죠. 물론 댓잎 하나가 떨어지는 소리조차 간파한 그가 그걸 느끼지 못할 리는 없었겠죠. 그는 번개처럼 돌아섰어요. 그리고는 시퍼런 도끼를 양손으로 단단하게 틀어쥐었어요. 도끼를 쥔 시커먼 손들의 터질 듯 튀어나온 핏줄들이 어둠 속에서 사악하게 꿈틀거렸죠. 그는 자신이 순수 존재의 극한을 통과하고 있다고 떠들었지만 그런 모습은 전혀 찾아볼 수 없었어요. 그게 어떻게 불과 몇 분 전만 해도 마음이 고요하고 평화롭던 사람의 모습이라고 할 수 있겠어요. 그리고 생각해 보면, 그는 그때 우리에게 목숨을 빚졌다고 할 수 있어요. 만일 그 순간 우리가 없었다면 그는 틀림없이 자기 자신의 몸에다 도끼를 내리치고 말았을 거니까 말이에요."

　나는 그 날 밤 대나무를 사시나무 떨듯 공포에 떨게 했다는 그의 눈빛을 떠올려 보려 했다. 그러나 오늘 내가 본 그는 그동안 보아 온 어느 누구보다도 허수아비인 나와 비슷한 눈빛을 가지고 있었다. 의미를 잃은 공허한 눈빛, 그것이 그의 눈빛이었다.

대나무는 아랑곳하지 않고 믿기 어려운 이야기를 이어 나갔다.

"하지만 다행히도 그의 눈앞에는 그를 조롱하면서 아름다운 향기와 요염한 색채를 내뿜는 나무들이 있었죠. 4월에 핀 라일락꽃은 그의 왼편에, 10월에 익은 노랗고 붉은 홍시나무는 그의 오른편에 묘한 미소를 띠고 서 있었지요. 어쩌면 그건 그의 환상이었을지도 모르겠어요. 어떻게 4월의 라일락과 10월의 홍시가 함께 있을 수 있었을까요. 하지만 그땐 저도, 주인아저씨도 그런 사실을 인지하지 못했어요. 그는 고요함을 추구하기 위한 광기에 빠져들었고, 저는 생명을 향한 욕심에 어떻게든 댓잎 하나라도 보전하고픈 마음뿐이었으니까요."

조심스럽게 나는 대나무의 얘기가 과장을 넘어 환상에 기초한 것이라 생각하게 되었다. 4월의 라일락과 10월의 홍시가 함께 존재했다 말한 건 그녀가 목격한 것이 사실은 환상이었다고 실토한 것과 진배없다 생각하면서 나는, 겁에 질려 두려움에 떨 수밖에 없게 만드는 눈빛은 과연 어떤 눈빛이었을지 상상해 보았다.

나는 두려움을 알지는 못했지만 돌이켜 생각해 보면 그런 감정에 가장 가까웠던 때는, 매가 들쥐를 사냥해 뜯어 먹다가 나를 노려보았을 때였다. 사냥에 실패해 며칠째 굶주린 매는 논두렁에서 길을 잃은 들쥐를 낚아챘다. 매서운 부리로 게걸스럽게 들쥐의 살을 파먹던 매는 갑자기 고개를 들어 나를 쳐다보았었다.

대나무가 계속 말을 이어갔다.

"그는 도끼를 들어 올려 두려움에 떨고 있던 늙은 라일락나무를 내리쳤어요. 저기 서 있는 불쌍한 그녀를 보세요. 저렇게 두 갈래로 찢겨 간신히 몸을 지탱하고 있는 이유가 바로 그 때문이죠. 물론 아직도 4월이면 늙은 몸을 이끌고 꽃을 피우지만 말이에요. 그는 그녀를 향해 도끼를 내리치고 또 내리쳤어요. 그러고 나서는 돌아서서 높이 솟아오른 감나무의 밑동을 향해 도끼를 내리꽂았어요. 저기 보이는 감나무의 상처를 봐요. 도끼가 박힌 상처는 얼마나 고통스러웠겠어요? 집주인아저씨는 감나무에 박힌 도끼를 내려다보면서 우리들의 비명이 잦아들기를 기다렸죠. 그러고 나서는 한동안 숨을 크게 들이마신 뒤 집 안으로 들어갔어요."

나는 대나무의 얘기가 환상일 뿐이라 생각했지만 어둠 속에서 감나무 아주머니의 상처는 희미한 빛을 반사하고 있었다. 정말로 감나무 밑동에는 도끼가 박혔던 자국이 남아 있었다.

　"그는 고요함을 향한 항해를 다시 시작했어요. 지그시 눈을 감고 바람 없는 날보다 더 잔잔한 마음속의 고요를 찾아 길을 떠났죠. 그리고 새로 찾은 고요는 그에게 더 큰 기쁨과 안식을 가져다주었고 말이죠. 그게 어쩌면 삶의 본질인지도 모르잖아요. 평화는 반드시 전쟁 뒤에만 존재한다는 사실 말이에요."

　집주인아저씨는 정말 쾌락의 근원을 끊고 순수와 평화의 세계로 들어섰을까, 나는 궁금했다. 그러나 그는 실패했음이 분명했다. 낮에 본 그의 모습은 평화와 고요가 아니라 실패와 좌절에 굴복한 모습이었다. 역시 대나무가 본 것은 그녀의 환상에 지나지 않았다.

　"하지만 말이에요. 그의 고요함은 오래가지 못했어요. 왠 줄 아세요? 바람이 세차게 불었기 때문도 아니고, 일찍 해가 떠올랐기 때문도 아니에요. 호호, 그건 그가 또다른 댓잎 하나가 떨어지는 소리를 들었기 때문이에요. 저는 마지막 생명의 힘을 모았어요. 그리고는 그의 도끼질에 대한 복수심으로, 라일락과 감나무의 복수심까지 담아 또 다른 댓잎 하나를 떨어뜨렸어요. 그의 고요함의 근원은, 그리고 그와 저의 생명의 근원은, 그건 아무리 도끼질을 해도 지울 수 없다는 걸 보여주기 위해서 말이에요."

순수와 평화를 위한 마음의 여행을 떠난 집주인아저씨가, 정말로 그런 사소한, 댓잎 하나가 떨어지는 소리 때문에 실패할 수밖에 없었다면, 그건 너무나 안타까운 일이었다. 정말로 그가 욕구와 쾌락을 넘나들 수 있는 세계를 경험했는지 알 수는 없었지만, 인간이 그토록 쾌락과 생명의 힘에 나약하다는 건 새삼 놀랄만한 일이었다.

나는 나를 만든 김 씨 아저씨가 술에 취했던 그때를 떠올렸다. 그는 특별한 날이 아니면 술을 마시지 않았다. 하지만 대풍년을 맞았던 그해 가을, 그는 새로 산 콤바인으로 기분 좋게 탈곡작업을 마치고 거나하게 취해버렸다. 막걸리에 취한 김 씨 아저씨는 평소의 쩨쩨하고 점잖던 그가 아니었다. 그는 논일을 도와주던 마을 아주머니들에게 치근대다가 모두들 그를 무시하고 떠나버리자 결국은 혼자 남아 논둑에서 술병을 벗 삼아 잠들고 말았다. 술 몇 사발에 그는 부지런하고 성실한 김 씨 아저씨에서 부끄러움을 모르는 호색한으로 변해버렸었다.

댓잎 하나 떨어지는 소리에도 사람들의 마음은 요동을 치는 걸까? 그러나 아무리 그렇다 해도 부족함과 욕구와 충족의 순환이 사람들이 가진 '나'라는 관념의 씨앗이라는 말에는 동의할 수 없었다. 불안정해야만 자기 삶의 주인이 될 수 있다니, 그건 논리적으로 모순이었다. 대나무의 얘기를 믿을 수 없는 이유는 더 있었다. 그녀의 말대로 집주인아저씨가 댓잎을 모조리 짓이겨버렸다면 또 떨어뜨릴 댓잎이 어디에 남아 있었단 말인가? 그녀의 얘기는 앞뒤가 맞지 않았다. 그녀의 얘기는 그녀 자신의 환상 속에서 벌어진 사건임에 틀림없었다.

하지만 만일 대나무의 얘기가 다 사실이라면? 나는 집주인아저씨가 도끼를 들고 살기등등한 눈빛으로 대나무를 노려보는 장면을 머릿속에 그려보았다. 하지만 아무리 생각해도 그 모습은 쉽게 떠오르지 않았다. 그래서 나는 들쥐를 파먹다 나를 노려보던 매의 모습을 다시 한 번 떠올려보았다.

매가 갈고리처럼 생긴 부리로 들쥐의 피 묻은 속살을 물고 나를 쳐다보던 모습은 섬뜩하기 그지없었다. 나는 매가 나를 공격할지도 모른다는 생각까지 들어 잠깐 움찔했지만 이내 내가 허수아비에 불과하다는 사실을 깨달았었다. 아무리 배가 고프더라도 매가 허수아비를 잡아먹지는 않을 것이었다. 나는 금방 안도했지만 그 후로도 매가 근처에 날아올 때마다 그때의 모습을 떠올리곤 했다. 또 매가 내 머리 위에 앉아 부리보다 날카로운 발톱으로 억세게 내 몸을 파고들 때마다 나는 빨리 참새들이 나타나 내 대신 매의 사냥감이 되어 주기를 애타게 바랐었다.

그렇다 해도 매의 눈빛은 대나무가 말하는 것처럼 소름끼치는 살기를 띠었다기보다는 보석처럼 무심한 눈빛이었다. 노란 눈구멍 속에 빛을 반사하며 박혀 있는 매의 검은 눈동자는 살기보다는 호기심, 호기심보다는 무심無心을 가득 채워 나를 바라보곤 했었다. 매의 검은 눈동자는 집주인아저씨처럼 모든 의미를 상실한 공허함을 담지도 못했고 대나무가 말한 모든 의미를 가득 채운 살기를 담지도 못했었다.

매는 생명을 사냥하면서도 무심하기 그지없는데 사람은 왜 한낱 대나무를 내리치면서도 그렇게 넘치도록 많은 의미를 느껴야 하는지 생각하는 사이에 CCTV가 다시 목소리를 높였다.

"흠, 그건 말도 되지 않는 얘기야. 욕구와 충족이라는 동물적 사이클이 있어야만 자기 스스로의 주인이 될 수 있다? 그건 도저히 납득할 수 없는 주장이지. 저 오리 사냥개를 봐. 저 아이도 욕구가 있고 충족과 쾌락도 느끼지. 하지만 저 애는 인간과 달라. 그저 어리석은 동물일 뿐이거든."

이번에는 내가 생각해도 CCTV의 말이 옳았다. 동물적인 욕구가 사람과 같은 존재가 되는데 필수적 요건이라는 말에는 쉽게 동의하기 힘들었다. 매의 눈빛을 떠올리자 더욱 그런 생각이 들었다. 하지만 대나무의 생각은 확고했다.

"인간이 자아를 가지려면 반드시 불안정한 마음을 가져야 해요. 불안정한 마음은 어디에서 오겠어요? 부족함과 욕구라는 게 없으면 불가능해요. 욕구는 충족되었다가 다시 부족함의 상태로 돌아가요. 그러면 또 새로운 충족을 원하죠. 그런 불안정한 사이클 속에서 인간은 자아를 형성하는 거예요. 자아 이미지는 그런 거죠. 만일 불안정하지 않은 자아가 있다면 그건 이미 자아가 아니에요. 자아를 만드는 불안정성은 욕구와 충족, 쾌락과 결여, 그런 것들의 순환 사이에서 생겨나는 거예요. 영원히 충족된 존재는 주체가 될 수 없단 뜻이에요."

나는 내심 CCTV의 말에 더 동의했고, 내 마음 속의 지지를 받은 그는 과연 논전의 달인답게 대나무의 주장에 전혀 굴하지 않고 반박했다.

　"말도 안 돼. 자아를 극복했다고 하는 수많은 성인들이 역사상 존재했던 사실을 모르나 보군. 이 집 주인의 실패는 한 개인의 실패일 뿐이야. 인류 전체의 실패가 아니고 인간 역사의 실패가 아니란 말이지. 더구나 생각해봐. 우리들 CCTV에도 얼마든지 그런 욕구와 충족의 사이클을 프로그램할 수 있어. 컴퓨터에도 얼마든지 그러한 사이클을 프로그램해서 부족과 충족의 느낌을 만들어낼 수가 있거든. 자동으로 어떤 솔루션을 찾아내는 컴퓨터 프로그램을 생각해 봐. 계속되는 시도 끝에 해결책을 찾아내면 더 큰 만족감을 느끼도록 설계하면 되는 거지. 안 그래?"

　나는 마음속으로 그의 말에 동의하고 있었지만, 사실은 두 주장들 사이에서 길을 잃고 말았다. 한참을 생각한 끝에 나는 나 역시 부족함이 있다고 결론짓기에 이르렀다. 나 역시 바다를 보고 싶은 욕망이 있었다. 그리고 아직 바다를 보지 못했기에 그 욕망을 충족시키고 싶었다. 그리고 아무리 사람들이 불안정하다 하더라도 그들이 가지고 있는 '나'를 가지고 싶었다.

보석 같은
사랑

"그래도 사람들은 자기 삶에 대해서는 주체적이지 않나요?"

　나는 그렇게 물었다.

　꼭 누구를 향해서 물은 건 아니었다. 단지 그게 내 생각이었다. 아무리 사람들이 남의 영향을 받고 있고 남이 인정해주는지에 대해 연연하더라도, 내가 보기에는 그들은 여전히 그들 자신으로 살고 있었다. 그리고 나도 그들처럼 살고 싶었다.

　내 마음속에 이미 지펴진, 사람들처럼 스스로의 주인이 되어 살고 싶다는 욕망의 불씨는 쉽게 사그라지지 않았다. 라일락나무와 대나무가 뭐라 얘기해도 나는 사람들처럼 스스로 생각하고 사람들처럼 스스로 행동하고 싶었다.

"그래도 그들은 그들 자신이란 말이죠. 그렇지 않나요?"

내가 그렇게 묻자 한동안 잠잠하던 감나무 아주머니가 다시 입을 열었다.

"허재비야. 네가 보기에는 사람들이 모두 나라는 참된 관념을 가지고 살아가는 것처럼 보이겠지만, 사실은 그렇지 않단다. 그들은 평생토록 진짜 나를 찾아 헤매다가 결국은 찾지 못한 채 생을 마치게 된단다."

나는 그런 얘기에 동의하고 싶지 않았다. 내가 본 사람들은 대체로 평온하고 즐거운 삶을 살았다. 그들은 유쾌하게 떠들었고 힘들 때는 노래를 불렀다. 더 힘들어지면 그들은 술을 마시고 잠들었지만 다음 날이면 다시 논으로 달려 나와 힘찬 하루를 시작했다. 그들은 언제나 진짜 자기 자신이었고, 참된 자아를 찾느라 고통을 받는 것처럼 보이지도 않았다.

나는 여전히 감나무 아주머니의 얘기가 시기심에서 비롯되었다고 생각했다. 감나무 아주머니는 나와는 달랐다. 그녀는 제자리를 떠날 수도 없고 사람의 모습을 닮지도 않았다. 그러니 세상이 거꾸로 뒤집힌다 해도 감나무 아주머니가 사람이 되기는 어려울 게 틀림없었다.

하지만 그녀는 내가 동의를 하든 말든 아랑곳하지 않고 사람들의 진짜 자아가 어떤 것인지 생각해 보라며 한때 바다 건너 먼 나라에서 살았다는 폴^{Paul}에 대한 얘기를 들려주기 시작했다.

❖

패서디나^{Pasadena}를 향하는 110번 고속도로에 오르자 유칼립투스와 야자나무 언덕들이 지난 5년의 기억과 함께 빠른 속도로 폴^{Paul}을 스쳐 지나갔다. 생각해보면 세상에 대한 두려움을 모르는 시도였다. 난생처음 타보는 비행기 안에서 옆 좌석 할머니에게 한국 사람이 많이 살고 있는 곳이 어디인지 물었던 때가 불과 5일 전 같았다. 그 5일 같은 5년이 시위를 떠난 화살처럼 지나가 버렸다. 하지만 기대와 두려움의 흔적들까지 전부 사라진 건 아니었다. 처음 LA 시내를 향하면서 마주친 낯선 나라의 풍경들이 준 미래에 대한 끝없는 기대와 억누를 수 없는 두려움의 흔적들은 아직도 마음속 깊이 도사리고 있었다.

LA 코리아타운에서 값싼 모텔 방을 잡고 한국인 주인에게 미국생활에 대해 물었을 때 그는 먼저 이름부터 지어주었다. 존John 아니면 폴Paul을 고르라고 했다. 작명가도 아닌 낯선 나라 모텔 주인의 추천으로 진혁은 이제 폴이 되었다. 미국 이름과 영어가 성공의 지름길이라고 그가 자신 있게 말했으므로 "마이 네임 이즈 폴My name is Paul."이라는 문장 하나를 웅얼거리면서 폴은 시립 성인학교를 다녔다. 열여섯 살에 시작한 귀금속 세공은 2, 3년 만에 어느 정도 자신감이 붙었는데 미국에서 성공의 조건이라는 영어는 그리 쉽지 않았다. 폴은 아직까지도 어학원을 다니면서 영어를 배우고 있었다. 하지만 지금은 그 모텔주인의 말처럼 미국에서 성공하기 위해서라기보다는 폴의 그녀, 아키코あきこ 때문이었다.

어학원에서 영어를 배우기 시작한 지 1년이 되어갈 무렵 아키코를 처음 만났다. 그녀는 수업에 들어온 첫날 폴의 옆자리에 앉았다. 아키코는 쉬는 시간에 서투른 영어로 폴에게 미국 생활에 대해서 이것저것 물어왔다. 그녀의 부모도 이삼 년 내에 미국으로 건너올 예정이었지만 의상디자인을 전공하려는 아키코는 그들보다 먼저 건너와 미국생활에 적응하는 중이었다. 폴은 그녀에게 LA 지리를 가르쳐주고, 영어공부와 미국 생활방식에 대해서도 귀띔해 주었다. 이제 막 일본에서 건너온 아키코에게 처음 얼마 동안은 폴이 그녀의 멘토 Mentor 인 셈이었다. 하지만 시간이 흐를수록 아키코가 오히려 성공의 일념만을 가지고 살던 폴의 머릿속에 큰 자리를 차지하기 시작했다.

서투른 영어와 보디랭귀지를 사용하면서도 둘은 잘 어울렸다. 폴이 귀금속 가게를 쉬는 주말이면 둘은 어김없이 데이트를 즐겼다. 사막처럼 넓은 산타모니카 Santa Monica 해변의 모래사장을 간이의자와 파라솔을 들고 걷느라 기진맥진하기도 하고, 말리부 Malibu 해변에서 서핑을 즐기는 미국 사람들을 흉내 내느라 보드를 빌려 파도를 타기도 했다. 해변에서 나무 잔교를 걷다가 고래를 발견하고 어린아이처럼 좋아하는 아키코의 모습은 폴이 오래 잊고 살았던 천진난만한 감정을 새로 일깨워 주었다. 요세

미티 공원에서 야생 곰을 보고 두려워하는 아키코를 안아주었던 기억, 캘리포니아에 수백만 마리쯤 살고 있는 도마뱀을 처음 보고 깜짝 놀라는 그녀의 볼에 입 맞췄던 기억, 눈부신 기억들이 지금 그녀의 집을 향하는 폴의 기억 속에서 보석처럼 반짝거리며 빛났다.

아키코와의 꿈같은 로맨스가 1년이 채 되기 전에 아키코의 부모님이 미국으로 이주해 왔다. 자유로웠던 그녀는 부모님이 건너오자 폴을 만날 시간을 쉽게 내지 못했다. 그와 더불어 폴도 긴장하기 시작했다. 아키코는 부모님이 폴을 직접 만나보면 좋아하실 거라고 여러 번 말했다. 그 말은 아키코 스스로를 위한 다짐이기도 했고 폴을 향한 격려이기도 했지만, 폴의 불안감을 잠재우지는 못했다.

물론 폴은 수입도 충분했고 미래에 보석가게를 열 계획도 갖고 있었다. 십 년 넘게 배운 금속세공기술은 미국인 손님들은 물론이고 아키코도 감탄을 거듭할 만큼 자신이 있었다. 손놀림이 투박한 미국사람들에 비해 폴이 만든 반지나 팔찌, 귀걸이는 세밀하고 정교했다. 그렇기에 은행에 다니는 한 고객은 폴에게 창업자금을 대출해 줄 테니 폴 자신의 사업을 시작해보라 권유하고 있기도 했다.

폴은 이민자들의 꿈인 그린카드Green Card도 가지고 있었다. 주변의 불법체류자들은 하루하루 불안정한 삶을 살았고, 폴은 그걸 알게 되자마자 1년 넘게 모은 돈 전부를 이민 전문 변호사에게 주었다. 돈이 아무리 많아도 은행

에 맡기기 어려워 현금으로 보관하고 살아야 하는 불법
체류자들, 당장 이민국에 붙잡혀 강제추방이라도 되는
날이면 모아놓은 돈이며 일자리까지 한순간에 날아가는
불법체류자들에 비하면 폴은 이미 부자인 셈이었다.

세공기술과 영주권, 그것들이 폴이 가진 재산이었다.
당장에 큰돈은 없어도 폴은 장래가 촉망되는 젊은이인
셈이었다.

LA 북동쪽 패서디나 지역은 중산층들의 거주지였다.
경비원들이 관리하는 타운하우스의 공동 출입문을 지나
자 왼쪽에 있는 풀장을 향해 어린 소녀 둘이 비치타올
을 걸치고 도로를 가로질렀다. 폴은 소녀들이 지나가기
를 기다려 잠깐 차를 세우고 호흡을 가다듬었다.

아키코는 부모님들이 보수적인 편이기는 하지만 사람
을 보는 눈이 있다고 여러 번 강조했다. 폴이 비록 고등
학교도 졸업하지 못했지만 지금은 대학 야간과정을 밟고
있으므로 학력도 문제될 게 없을 거라 말했다. 폴도 그
렇게 생각했다. 이곳은 학력이 중시되는 한국이나 일본
사회와는 달랐다. 성인학교에는 나이 많은 이민자들이
초급영어를 배우고 있었고, 주립 2년제 대학에도 교육기
회를 놓친 중년들이 많았다. 다른 무엇보다도 아키코는

폴을 사랑했다. 세상에 자식을 이기는 부모는 없다고 하지 않았던가.

언덕을 오르자 1202호가 폴의 눈에 들어 왔다.

폴은 초인종을 누르고 옷매무새를 만지면서 주위를 둘러보았다. 여러 세대들 사이에 작은 정원이 있었고, 마주한 세대들 중간에도 자그마한 잔디밭이 타원형으로 길게 조성되어 있었다. 가지런히 깎은 파릇파릇한 잔디와 간간이 서 있는 야자나무들 사이에서 갈색 푸들 강아지를 산책시키는 사람이 보였다. 옆집에서는 카펫을 교체하는지 현관 앞에 새 카펫이 놓여 있었고, 건너편에서는 젊은 남성이 한참 물을 뿌리며 세차에 열중하고 있었다. 하얀 테니스복 차림에 라켓을 어깨에 걸치고 지나가는 중년의 커플은 폴과 눈이 마주치자 "하이ʰⁱ!"라고 인사를 건넸다. 언젠가는 이런 곳에서 아키코와 함께 살아갈 수 있으리라 생각하면서, 폴은 주변의 모든 장면들을 사진을 찍듯 기억에 새겼다.

문을 연 아키코는 폴보다 더 긴장한 모습이었다. 그녀가 폴을 집안으로 안내하자 그녀의 아버지 타카시ᵗᵃᵏᵃˢʰⁱ 씨와 어머니 유키코ʸᵘᵏⁱᶜᵒ 씨가 응접실 입구에서 기다리고 있었다. 폴이 인사를 하자 타카시 씨는 손을 내밀었고 폴은 조심스럽게 그의 손을 잡았다. 악수를 하면서 타카시 씨는 폴의 손을 잠깐 응시하더니 폴을 거실 옆 식탁으로 안내했다. 유키코 씨는 아직 서양식 요리를 배우는 중이니 이해해달라고 말하며 식탁 위에 크림수프와 홍합 스파게티를 내놓았다. 한눈에 보아도 아키코는 그녀의 어머니를 빼닮은 것 같았다. 갸름한 얼굴에 눈꼬리가 조금 쳐진 듯한 선해 보이는 인상이었다. 하지만 날카로운 눈매와 은테 안경을 쓴 그녀의 아버지는 전혀 달랐다.

타카시 씨는 스파게티보다는 일본식 초밥과 우동이 훨씬 좋은 음식이라며 대화를 시작했다. 유키코 씨가 젊은 사람을 초대했으니 서양 음식이 낫다고 말하자, 그는 와인 잔을 만지작거리면서 일본의 사케さけ가 와인보다 더 좋은 술이라고 힘주어 말했다. 이어서 그는 서양식 가치와 동양식 가치에 대해 한참을 이야기하다가 대뜸, 손이 왜 그렇게 거칠어졌는지 폴에게 물어왔다. 폴은 손을 내려다보았다. 그 말을 듣고 보니 정말 폴의 손은 거칠기 짝이 없었다. 오기 전에 공들여 씻었고 거울을 들여다보며 정성껏 멋을 냈지만 거칠어진 손까지 감출 수는 없었다.

폴은 무릎 위에 손을 포개 놓았다가 포크를 들었다가 다시 손을 무릎 위에 놓았다가 하기를 반복하면서, 안절

부절 어쩔 줄 몰라 하며 금속세공에 대해 설명을 늘어놓기 시작했다. 금속성형을 위해 불에 달군 금속을 모루에 놓고 망치로 때리는 과정, 조그마한 금속을 손가락으로 붙잡고 다른 한 손으로는 연마제를 들고 광택을 내는 과정, 보석을 끼워 넣기 위해 금속의 모양을 가다듬고 보석을 잘라내기 위해 자그만 전구 밑에서 확대경을 보며 세공을 해야 하는 과정들을, 더듬더듬 뒤죽박죽 얘기하면서, 손가락이 집히고 찔리고 갈라터지고 망치에 두들겨 맞는 일이 다반사라고 애써 말해 주었다. 폴의 거친 손은 그 과정에서 생겨난 폴에게는 자랑스러운 손이었지만, 설명을 거듭할수록 타카시 씨의 표정은 어두워져갔다.

폴은 자신의 손이 점점 부끄러워졌고, 손을 내보이지 않은 채 식사를 할 수만 있다면 영주권 값을 한 번 더 치를 수도 있을 것 같은 심정이 되어 갔다. 하지만 당장은 그럴 방법이 없었기에 폴은 얼른 그 자리를 벗어나고만 싶었다. 음식은 제대로 씹히지도 않은 채 삼켜졌다. 그렇게 자랑스럽게 생각하던 최고의 귀금속세공기술을 갖춘 폴의 손은 이제는 장갑이라도 껴서 가려야 할 부끄러움의 대상일 뿐이었다.

　직업 때문에 그런 것을 손이 뭐 그리 중요하느냐고 유
키코 씨가 애써 화제를 돌려보려 하자, 타카시 씨는 이
제 일본 문화와 미국 문화의 차이에 대해 장황한 얘기를
늘어놓기 시작했다. 미국 여성과 결혼한 일본남자들, 미
국 남성과 결혼한 일본 여자들이 겪는 문화적 차이와 갈
등들이, 그의 손에 들린 와인 잔을 따라 폴의 눈앞에서
어지럽게 흔들렸다.

타카시 씨는 자신과 함께 미국 로스쿨에서 공부했던 한국인 남성과 태국인 여성의 결혼에 대해 얘기했다. 두 사람의 의사소통 수단은 영어인데, 두 사람 사이에 태어난 아이는 한국어와 태국어, 영어 중 어느 언어를 모국어로 삼아야 하는지에 대해서 입가에 웃음을 띠어가며 말했다. 논리는 빈틈없었고 어조는 반박할 틈을 주지 않았다. 그의 얘기를 듣고 있노라니 폴과 아키코 사이에 있었던 수많은 감정의 표현들이 어떻게 가능했는지 폴조차 의문이 들기 시작했다. 그러고 보면 두 사람의 대화도 그런 면에서는 많이 부족했었다. 고객으로 온 한국 사람과는 귀금속의 트렌드나 보석의 가치에 대해서 불편함을 느끼지 않고 얘기할 수 있었지만, 아키코와는 그런 세밀한 표현들의 소통이 어려웠던 것도 사실이었다. 폴은 이제 타카시 씨에게 일본어를 배우겠다고 말할 수밖에 없었다.

그의 다음 무기는 클래식이었다. 그는 아키코가 어렸을 때부터 자신들과 함께 클래식 음악회를 보러 다녔다고 말했다. 그는 폴에게 오페라 라보엠La Bohéme을 아느냐고 물어왔다. 난생처음 들어보는 얘기였기에 폴은 모른다고 대답하면서 두 손을 무릎 위에 부끄럽게 포갰다.

타카시 씨는 라보엠의 주인공 미미가 부르는 아리아와 오페라 투란도트Turandot의 주인공인 잠 못 드는 공주에 대한 얘기도 했다. 폴은 두 손을 모은 채 장차 클래식음악을 많이 듣고 배우겠노라고 말했다. 하지만 폴은 분명하게 느낄 수 있었다. 그게 아키코의 아버지가 원하는 대답이 아니라는 사실을.

폴의 대답에 아랑곳하지 않고 타카시 씨는 모루 위의 금속을 두들기듯 자근자근 폴의 자존심을 짓이겨 나갔다. 폴의 가슴 속에서 점점 불꽃이 일기 시작했다. 폴처럼 거친 손을 가진 남자가 아키코처럼 연약한 손을 가진 여자와 맺어질 수 없다면, 아키코의 엄마 유키코 씨처럼 여린 마음을 가진 여자도 타카시 씨처럼 완고한 남자와는 맺어지지 말았어야 옳았다. 하지만 그런 걸 떠나 폴의 손은 그의 자부심이었다. 그 수많은 어려움을 견뎌내며 최고의 금속세공 장인이 되기 위해 보낸 시간들, 폴의 동료들이 대충 기술을 익히고 나서 게을러졌을 때에도 세계 최고의 장인이 되겠다고 다짐하며 연마하고 또 연마했던 폴의 눈물과 땀이 그의 손에 고스란히 녹아 있었다. 손은 폴의 인생 전부였다. 오페라 라보엠도, 오페라 투란도트도 알지는 못했지만, 폴의 손은 폴의 땀과 눈물을 아는, 폴의 인생을 지켜본 산 증인이었다.

식사를 하면서 수도 없이 흘깃거린 아키코의 얼굴을 폴은 풀장 벤치에 앉아 다시 한 번 쳐다보았다. 그녀는 침울했다. 풀장의 조명은 밝았고 그곳에서 뛰어노는 아이들의 표정은 더 밝았지만 아키코의 얼굴은 이미 빛을 잃은 채 시들어가고 있었다. 두 사람 사이에 사라진 대화를 아이들이 물장구치는 소리가 메웠다. 폴은 알 수 있었다. 두 사람의 사랑은 가짜 보석이었다. 진짜 사랑이었다면 이 정도의 망치질에 부서지지는 않았을 터였다. 아키코는 주저하다가 입을 열었다. 그녀는 그녀의 아버지가 그렇게 보수적일 줄은 몰랐다고 말했다. 그녀는 다행히도 폴의 손이 아닌 다른 핑계도 준비하고 있었다. 학비가 많이 드는 패션 스쿨은 아버지의 도움 없이는 불가능하다고 말했다. 폴이 가슴속 분노를 어떻게 표현해야 할지 몰라 그냥 자리에서 일어서자, 아키코의 볼 멘 목소리가 물장구소리와 함께 풀장을 울렸다.

"그러게 왜 손을 더 깨끗이 씻고 오지 그랬어!"

❖

　슬픈 얘기였다. 슬픔을 넘어 화가 나는 이야기이기도 했다. 나는 폴의 인생이 담긴 손을 이해하지 못하는 아키코와 그녀의 아버지에게 몹시 화가 났다. 사람들은 직업에 귀천이 없다고 말하면서도 사실은 귀천을 따졌다. 사람들에게 있어 선언과 사실은 전혀 다를 수도 있었다. 그런 생각이 들기 시작하자 나는 사람들이 스스로의 주인으로 살아가는 척하지만 실제로는 아닐 수도 있다는 생각도 함께 하기 시작했다.

　"흠, 폴 그 친구는 어리석은 친구야, 진짜와 가짜를 구분하지 못하다니 말이야. 나는 한눈에 진짜 보석과 가짜 보석을 구분할 수 있거든. 색깔과 투명도만 봐도 금방 알 수 있단 말이지."

　CCTV가 보석감정사라도 된 양 다시금 보석에 대한 식견을 뽐내기 시작했다.

　"뭐가 다른데요? 보면 금방 알 수 있나요? 진짜 보석이 더 예쁘고 반짝거리겠죠?"

　엉겅퀴와 잡풀들이 웅성거리며 물었다.

"흠, 다들 그렇게 생각한단 말이야. 하지만 말이야, 사실 대부분은 가짜들이 더 화려하게 반짝거리거든. 사랑도 마찬가지고 말이야. 대부분 화려한 사랑들은 그렇게 오래가지 못하는 법이지. 폴이 생각한 사랑도 그런 것이었겠지. 그 녀석은 아마도 싸구려 보석 몇 개를 쥐여주고 아키코의 사랑을 사려고 했을 거야."

말도 안 되는 생각이었다. 폴의 간절한 마음을 돈을 주고 사랑을 사려는 행동으로 해석해 버리다니, CCTV의 비뚤어진 생각을 어떻게 고쳐 주어야 할지 내 마음은 답답하기만 했다. 하지만 그의 말대로 폴이 진짜 보석을 선물로 안겨 주고 가짜 보석을 사려 했다는 생각이 들지 않은 것도 아니었다.

어쨌든 나는 자전거 사건 때문에 엄마를 떠난 진혁의 어린 시절과 아키코에게서 버림받은 폴의 젊은 날들에 대해 깊은 연민을 느꼈다. 나는 자연스럽게 폴의 그 이후의 삶도 궁금해졌고 그의 불행이 계속되었는지에 대해서도 호기심을 가지게 되었다.

CCTV는 여전히 폴을 비방하는 데 열중했다.

"그 녀석은 보석을 쥐여줘서 아키코 아닌 다른 여자의 환심도 사려고 했을 거야. 겁쟁이들이 늘 그렇지. 자기

자신이 아니라 보석이나 돈, 이런 걸로 환심을 사려고 한
단 말이야. 용기가 없는 거지. 게다가 그 녀석은 틈만 나
면 도망치려 하잖아. 엄마와 새아버지에게서 도망친 것
처럼 아키코로부터도 금방 도망쳐 버렸고 말이야. 나라
면 적어도 아키코를 어떻게든 쟁취했을 거야. 아키코의
아버지가 뭐라 반대하든 말이야."

　그에게는 사랑도 전쟁의 일부에 불과한 것 같았다. 총
을 들고 보석을 지키듯 총을 들고 사랑을 쟁취해야 했다.
하지만 그의 얘기를 들으면서 나도 보석이나 돈을 주고
서라도 사람이 되는 자격을 살 수는 없을까 하는 생각도
들었다. 안타깝게도 값나가는 것이라고는 아무것도 가지
고 있지 않다는 현실이 긴 한숨으로 나오고 말았지만.

　감나무 아주머니는 그 이후의 얘기를 이어갔다.

폴은 비행기에서 집어든 신문을 앞좌석 짐받이에 넣어 두고 안쪽 주머니에서 낡은 신문을 꺼냈다. 구깃구깃한 신문 한 장을 펼치자 1면 아래쪽에 큼지막한 글씨로 〈한 인 세탁소 주인의 비극적 죽음〉이라는 타이틀이 보였다. 그 아래쪽으로는 기사 옆에 다리미질을 하면서 활짝 웃고 있는 주인공의 사진이 실려 있었다.

"…… 2년 전 의욕적으로 세탁소를 확장한 James 씨는 갑작스런 경기불황으로 사채 이자를 감당하지 못하자 비극적인 결심을 한 것으로 보인다. ……"

제임스는 폴이 스포츠클럽에서 만난 테니스 친구였다. 아키코와 헤어진 이후 폴에게는 테니스가 삶의 유일한 즐거움이 되었다. 어쩌면 그녀의 집 앞에서 하얀 테니스복을 입고 지나가던 미국인 커플을 보면서 그런 삶이 마음속에 자리를 잡았는지도 몰랐다. 십여 년이 지난 지금 아키코는 곁에 없지만 폴은 시간이 나면 테니스를 치고 밤이면 란초 팔로스 베르드Rancho Palos Verdes의 고급저택에서 혼자서 오페라 아리아를 감상했다.

제임스는 폴의 유일하다 할만한 친구이자 형이었다. 금요일 저녁 운동이 끝나면 두 사람은 일본식 초밥집에서 생맥주를 마시며 담소를 나눈 후에 귀가하는 게 보통이었다. 폴이 가끔은 목소리를 높여 아키코와 타카시 씨에 대해 울분을 토한 유일한 사람도 제임스였다. 그럴 때마다 제임스는 폴에게 언젠가는 좋은 여자를 만나 행복한 가정을 꾸릴 거라고 위로하며 폴의 어깨를 토닥거리곤 했었다.

그러던 제임스가 테니스코트에 듬성듬성 나온 게 1년쯤 전부터였고 신문기사가 나오기 한두 달 전부터는 아예 얼굴도 보이지 않았다. 제임스와 그의 아내 아만다Amanda는 열렬한 테니스광이었다. 그런 그들이 갑작스레 테니스클럽에 나오지 않는다는 건 무척이나 다급한 일이 생겼다는 것을 의미했다. 폴은 들리는 소문을 통해 그들의 상황을 대충은 짐작하고 있었다. 제임스와 아만다는 무리하게 돈을 빌려 세탁소를 확장했다가 빚 독촉에 시달리고 있었다. 고리로 빌린 돈의 이자를 메우기 위해 아만다는 낮에는 레스토랑의 종업원으로 일을 했고 밤에는 제임스와 함께 세탁소의 일을 했다.

두 달 전 금요일 저녁 운동이 끝날 무렵 제임스가 느

지막이 테니스클럽에 나타났다. 폴은 그가 할 말을 짐작하고 있었고 또 대답할 말도 다 준비하고 있었다. 물론 제임스가 부탁한 돈이 폴에게 큰돈은 아니었다. 2만 달러 정도라면 이미 성공한 사업가인 폴에게 크게 부담이 되는 액수는 아니었다. 폴은 이제 고용한 직원만 해도 대여섯 명이 넘었고 운용하는 주식만 해도 수십만 달러의 값어치가 있었다. 하지만 폴이 그만한 성공을 할 수 있었던 건 그런 부탁을 들을 때마다 거절할 줄 알았기 때문이었다.

간절함과 다급함이 묻어나는 제임스의 얘기를 들으면서 폴은 타카시 씨를 떠올렸다. 그는 참으로 냉정하게 폴의 손에 대해 물었다. 마치 자기와는 다른 세계에 사는 사람을 보듯이. 그는 오페라 라보엠의 주인공 미미가 추운 다락방에 세 들어 살면서 여린 손으로 뜨개질을 하며 연명해야 했던 삶을 현실이 아닌 예술로서만 받아들였으리라. 그는 사랑하지 않는 사람과 결혼하지 않기 위해 잠 못 이루는 밤을 보낸 투란도트 공주의 마음을 단지 노래로서만 받아들였으리라.

"이번 한 번만 도와주게. 폴, 자네는 나한테는 형제 같은 사람 아닌가. 이번 고비만 넘기면 세탁소를 처분하려고 하거든. 지금 저 빚을 해결 못하면 한 푼도 못 건지고 파산이야. 이 한 고비만 넘기면 되거든, 이 한 고비만…. 자네도 알잖나? 내가 그린카드가 없어서 은행에서 돈 빌릴 자격도 안 되는 것 말이야. 이보게. 나 좀 도와주게, 폴."

폴은 줄곧 아키코와 타카시 씨를 떠올렸다.

상처는 지워지지 않았다. 그리고 지워지지 않은 상처는 숫돌에 날을 세운 칼날보다 더 날카로운 무기가 되어 돌아왔다. 폴은 오랜 기간의 사회생활을 통해 알고 있었다. 매정하면 할수록 더 좋은 거절방법이라는 사실을. 애초에 이런 부탁을 할 정도의 사이가 되지도 않았어야 했다. 하지만 아무리 늦었어도 바로잡으면 그만이었다. 매정하면 오히려 미워하는 마음이 덜 생긴다. 아키코가 처음부터 아버지의 허락을 받을 수 없다고 말했다면 그런 원망도 생기지 않았을 터였다.

폴은 준비한 대로 딱 잘라 말했다.

"형님하고 저하고는 운동하는 사이지, 돈 거래할 사이는 아니잖아요. 안 그래요?"

폴은 다음날 오후 교포신문에서 제임스의 사진을 보았다. 다행히도 사람들은 제임스가 폴에게서 거절당했다는 사실을 알지 못했다. 장례식장에서 만난 사람들은 제임스의 죽음을 안타까워했을 뿐 누구도 폴을 비난하지 않았다. 하지만 아만다는 달랐다. 그녀는 폴과 눈을 마주치지 않으려 했다. 물론 폴은 확신이 없었다. 하지만 장례식이 끝날 무렵 폴이 위로의 말을 건네려 다가서자 아만다는 폴과 눈을 마주치지 않은 채 감정이 없는 목소리를 던졌다.

"그이는 폴을 형제처럼 생각했었어요. 그래서 부담을 안 주려고 노력했구요. 결국 마지막 날 폴을 찾아갔었죠. 이렇게 될 줄 모르고 말이죠."

아만다의 말이 비수처럼 날아와 가슴에 박혔다.

폴이 사업을 정리하는 데는 두 달이 걸렸다. 그동안 제임스의 밝게 웃는 표정이 수백만 번쯤 머릿속에 떠올랐다. 그곳을 떠나지 않고서는 도저히 벗어날 수 없을 것 같은 강박관념이 폴의 정신을 넘어 그의 온몸을 조여 왔다. 강박관념이 심해지자 마치 폴이 제임스를 죽였다고 주위의 모든 사람들이 오해할 것만 같았다.

폴은 자신이 그렇게 모진 사람이 아니라고, 남에게 해

를 끼치지 않고 열심히 살아가는 사람일 뿐이라고, 스스
로를 달랬다. 그건 사실이었다. 폴은 다른 사람을 속이
지 않고 성실하게 일해서 돈을 벌었다. 폴은 잘못이 없
었다. 그러니 아만다는 비난의 대상을 잘못 고른 셈이
었다. 하지만 옳고 그름을 떠나 아만다의 보이지 않았던
눈초리는 어린 시절 새아버지의 눈초리만큼이나 폴의 심
장을 옥죄어왔다.

조금만 더 지속되었더라면 제임스에 이어 이번에는 폴
이 비극적인 결심을 해야 될 지경이었지만 다행히도 사
업인수를 원하는 교포가 있었다. 집을 팔아서는 200만
달러를 손에 쥐었다. 10년 동안 넘게 악착같이 대출을
갚아 소유권을 취득한 집이었다. 남들은 30년이 걸리는
모기지론Mortgage Loan 대출을 폴이 10년 만에 갚아버리자
은행직원이 감탄사를 연발하며 부러워했던, 태평양을 내
려다보는 해변의 아름다운 집이었다. 함께 하고 싶었던
아키코도 없는데 왜 그렇게 큰 집을 샀는지 폴로서도 이
해하기 어려운 선택이었지만 이제는 홀가분하게 떠날 수
있었다.

꼭 제임스 때문만은 아니라고 폴은 스스로에게 다짐
하듯 말했다. 어머니는 끊임없이 귀국을 재촉하고 있었

다. 선주도 학교 선생님이 되어 결혼을 했고 새아버지 역시 폴이 귀국해서 자신들 곁에서 가정을 꾸리기를 바라고 있었다. 앞머리가 살짝 벗겨지고 짧게 자른 옆머리가 희끗희끗했던 사람 좋았던 제임스의 얼굴이 다시 떠오르자, 폴은 신문을 양손으로 구겨 앞좌석 짐받이에 던져버렸다.

❖

나는 폴에 대한 얘기를 들으면서 어느 한여름 한낮에 보았던 광경을 떠올렸다.

김 씨 아저씨의 아들은 유리병을 양손에 하나씩 쥐고 논두렁에 휘청거리며 나타났다. 그는 이미 거나하게 취해 있었다. 왼손에 쥔 술병을 홀짝거리면서 그는 연거푸 도시로 떠나버린 애인에 대한 욕지거리를 입에 담았다. 그러고 나서 그는 논두렁에 앉아 전화를 걸었다. 여러 번 시도한 끝에 통화가 연결되자 그는 애원조로 사정하기 시작했다. 도시가 아니라 농촌에서도 얼마든지 행복할 수 있지 않느냐, 어머니와 아버지가 여기 계시는데 자기가 어디로 떠날 수 있겠느냐고. 하지만 그는 차갑게 거절당했고 이어서 통화가 끊긴 전화기에 대고 무시무시한 저주와 욕설을 퍼부었다.

왼손에 든 술병을 한 방울 남김없이 비운 그는 잠깐 망설이더니 오른손에 들린 병을 입으로 가져갔다. 생각해 보면 그때 나는 그의 눈빛에서 한여름처럼 뜨거운 인간의 감정을 마지막 한 올까지 다 보았다고 생각했다. 적어도 이 집 주인의 눈빛을 보기 전까지는 그랬다. 사랑, 갈증, 열망, 절망, 고통, 서러움, 죄의식, 미움, 추억, 미래, 후회, 모든 것들이 그의 눈빛에 담겨 있었다.

그는 오른손에 든 병을 들어 벌컥벌컥 마시기 시작했다. 마시자마자 병을 내던지더니 그는 목을 붙잡고 미친 듯 토하기 시작했다. 그는 논둑에서 데굴데굴 구르다가 갓 여물기 시작한 나락들 속으로 굴러떨어졌고 나락들 사이에서도 구역질과 헛구역질을 번갈아 했다. 조금 지나자 갓난아기처럼 네 발로 기어서 논둑에 다시 오른 그는 잡초 속을 뒤져 전화기를 집더니 "엄니, 엄니, 나 좀 살려주이소, 나 죽어가요."라고 전화에 대고 소리를 질렀다.

나는 그때 그가 정말로 죽는 줄 알았다. 하지만 바로 몇 분 후에 내가 본 장면은 가관이라 할만했다. 방금 전 옛 애인에게 애원했던 것처럼 그는 구급대원들의 팔을 붙잡고 살려달라고 악다구니를 썼고, 몇 모금 비워지지 않은 농약병을 확인한 구급대원들은 그를 살리기보다는 그를 떼어내느라 더 고생을 했다. "미친놈아."라고 소리 치면서 아들의 등짝을 후려치기 바쁜 아내를 흘깃거리면서, 김 씨 아저씨는 어이가 없어 애꿎은 담배만 축냈다.

그 일을 떠올리면서 나는, 폴에게도 그런 일이 있었더 라면, 그런 식으로라도 실연의 상처를 씻을 수 있었더라 면, 하고 생각했다. 그런 우스꽝스러운 통과의례라도 있 었다면, 폴이, 그리고 진혁이, 그토록 냉정하게 변하지는 않았을 텐데. 나는 그의 과거가, 그리고 그의 변화가 너 무 안쓰러웠다. 엄마의 행복을 위해 미지의 두려움을 마 다 않고 어둠 속으로 뛰어들었던 어린 진혁이 어떻게 돈 때문에 사람을 죽음으로까지 몰아넣는 그런 사람이 되 었을까? 그게 과연 아키코 때문이었을까, 아니면 그의 새아버지 때문이었을까? 그는 피해자였지만 어느새 가 해자가 되어 있었다.

"흠, 내 그럴 줄 알았어. 그런 친구는 자기를 위해서라

면 무슨 짓이라도 할 녀석이지. 나를 이곳으로 보낸 못
된 사람들이 다 그런 사람들이야. 결국 그 친구가 다른
사람들 모두를 버린 거잖아. 엄마도 버리고, 아키코도
버리고, 친구인 제임스도 버리고 말이야.”

　CCTV가 지껄이는 말들에 나는 점점 화가 치밀었다.
그는 오로지 피해의식으로 무장한, 언제라도 방아쇠를
당기고 싶은 상처받은 군인에 불과했다.

　“허재비야, 진혁의 참된 모습은 어떤 모습이라고 생각
하니?”

　감나무 아주머니가 물어 왔다. 나는 진혁의 참된 자아
가 무엇인지보다는 진혁이 실제로 살아간 삶이 안타까울
뿐이었다. 그러나 그녀는 현실에서 벗어나 깨달음의 지혜
만이 넘쳐난 먼 옛날의 현자들처럼 오로지 한 가지 본질
만을 말할 참이었다.

　“엄마를 사랑했기 때문에 두려움에 떨면서 미래로 떠
나는 소년의 모습일까, 아니면 사랑을 잃고 절망하는
착한 젊은이의 모습일까? 그것도 아니면 돈이 아까워
친구의 자살을 막지 못한 수전노의 모습이 그의 참모습
일까?”

　나는 대답할 말을 찾지 못했다.

"허재비야, 진혁의 참된 모습은 어린 시절의 진혁일까, 아니면 성장한 폴의 모습일까? 또 아키코를 만나던 폴의 모습과 제임스의 가짜 친구이던 폴의 모습 중 어느 게 진짜 폴의 모습일까?"

이어지는 질문에 나도 한 인간의 참된 모습이 무엇인지 조금씩 궁금해지기 시작했다. 사람들은 항상 나는 이렇고 나는 저렇고 얘기하지만 그 '나'라는 한 자리에는 전혀 다른 사람들이 순서를 바꿔가며 주인행세를 하고 있었다.

감나무 아주머니는, 인간으로 산다는 건 참된 자아를 찾아 끝없는 여행을 떠나는 것이라고 했다. 단지 '나'라고 말하지만 끝없이 변해가는 자신의 모습에서 무엇이 참된 자기의 모습인지 알지 못한 채 말이다. 그리고 그렇게 끝없는 추구 끝에 나중에는 자기 스스로를 버리는 게 참된 자아를 찾는 길이라 생각하기에 이른다고.

"허재비야, 사람들은 평생토록 고통스럽게 진짜 자신의 모습을 찾아 헤맨단다. 고대의 수많은 전설들이 사실은 그런 방황하는 과정을 그리고 있지. 생각해 보렴. 참된 사랑의 의미를 추구한 『니벨룽겐의 반지의 전설』이나, 영원한 삶을 위해 불로초를 찾아 헤맨 『수메르의 영웅

엔키두의 전설』, 환웅과 결혼해서 단군왕검을 낳은 『단군신화』의 이야기도, 모두 사람들이 참된 나를 찾아 방황하는 모습을 그린 거란다.

"허재비야, 사랑을 얻지 못한 인간이 복수심으로 만든 권력의 반지를 생각해 보렴. 권력과 양립할 수 없는 사랑이라는 게 뭐겠니? 그건 결국 인간이 어떤 존재로 남아야 하는지를 묻는 거란다. 사람들은 언제나 그렇게 순수한 존재, 참된 존재를 추구하지. 그들은 그게 뭔지 정확히 알지 못하더라도 끝없이 추구한단다."

그 얘기를 들으면서 나는 폴이 제임스를 밀어낸 이유도 사랑 대신 권력을 택한 것에 불과하다는 생각이 들었다. 그리고 CCTV에 대해서도 한편으로는 안타깝다는 생각이 들었다. 그는 싸우고 싶어 했지만 진짜 그가 원하는 건 전투가 아니라 사랑일지도 몰랐다.

내가 청하지도 않은 감나무 아주머니의 강연이 끝없이 이어졌다.

"엔키두의 전설은 어떠니? 친구가 죽어가는 모습을 보고 엔키두는 불로초를 찾아 길을 떠났지. 그런데 돌아오는 길에 불로초를 뱀에게 빼앗겨버렸어. 하지만 그때, 그렇게 영원성을 포기했을 때 비로소 그는 삶의 의미를 깨달았단다. 영원성, 그게 뭘까? 허재비야, 인간은 참된 자아를 모르기 때문에 영원한 생명을 원한단다. 내 말을 이해하겠니? 사람들은 사랑을 원하는 본 모습을 모르기에 권력을 바라고, 참된 자기 자신을 원하면서도 그 사실을 모른 채 영원성을 추구한단다.

단군신화는 어떠니? 웅녀는 수십일 간의 인내 끝에 여자가 되어 환인의 아들을 낳았다고 하지. 사람들은 그들 자신의 근원을 묻고 있단다. 나는 어디에서 왔을까? 진정한 나는 어디에서 비롯되었을까? 그들은 그렇게 묻다가 그들 자신이 곰과 하느님의 신성함으로부터 태어났다고 믿게 되었지. 그들은 참된 자아를 찾는 과정에서 과거의 기원을 묻고 현재의 사랑과 권력을 추구하며 영원한 미래를 꿈꾼단다."

전설적인 이야기들을 다 참된 자아에 대한 추구로 환원시켜버리는 감나무 아주머니의 말솜씨는 정말 대단했다. 그녀는 교사이자 철학자였고 나는 점점 그녀의 설교에 감화되어갔다. 착하고 여린 소년에서 돈밖에 모르는 수전노로 변해간 폴을 생각하면서 사랑 대신 권력을 택했다는 말에 공감한 나는 감나무 아주머니의 말에 고개를 끄덕이기 시작했다.

감나무 아주머니는 나에게 물었다.
그렇게 끝이 없는 여행을 떠나고 싶은지에 대해.

초대장을
쓰다

나는 아직 대답할 준비가 되어 있지 않았다.

　내가 원한 것은 바다를 보러 가는 여행이었지 끝없이 자기 자신을 향해 가는 그런 불안정한 여행이 아니었다. 나는 사람들의 삶이 그렇게 복잡하다고는 생각해 본 적이 없었다. 사람들은 스스로 자랑스럽게 생각하는 '나'로서 살아가고, 또 언제라도 원하기만 하면 바다를 향해 여행을 떠나는 줄로만 알고 있었다. 하지만 감나무 아주머니에 따르면 그들은 자신들의 삶을 살지 못하고 있었다.

　진혁의 삶에 깊은 연민의 감정을 가지게 되면서, 나는 사람들의 삶이 정말로 그렇게 의존적이고 불안정하며 좌절과 고통을 겪는지 궁금해졌다. 나는 나를 이곳에 데려온 집주인아저씨를 떠올렸다. 그는 어떨까? 그의 횡한 눈, 거친 수염으로 뒤덮인 얼굴로 보아서는 그의 삶도 그렇게 순탄했을 것 같지는 않았다. 대나무가 말했던 끔찍했던 밤의 얘기가 아니라 하더라도, 집주인아저씨는 무슨 목적에서인지 물이 불어난 위험한 강가에 혼자 찾아왔었다.

내 궁금증을 알아채기라도 한 듯 1층 방 하나에 불이 들어왔다. 나는 얼른 그곳을 쳐다보았다. 하지만 내가 걸려 있는 대나무는 방안을 들여다볼 수 있을 만큼 키가 크지 않았다. 창문을 통해 그가 서성이다가 의자에 앉는 모습 정도만 볼 수 있었다. 그의 뒷모습은 외로워 보였다. 나는 언제나 혼자서 들판을 지켰지만 외롭고 쓸쓸하다는 생각을 해 본 적은 없었다. 나는 낮에는 참새들과 눈싸움을 했고 밤에는 개구리들의 울음소리에 귀를 기울였다. 하지만 그는 눈싸움도 하지 않고 개구리 소리도 듣지 않은 채 혼자 쓸쓸히 앉아 있었다.

그는 무엇을 하고 있을까?

나는 궁금한 나머지 "아, 내 키가 조금만 더 컸더라면…"하고 중얼거렸다. 무언가 하고 싶은 게 생길 때마다 나는 내 몸의 주인이 되고 싶었다. 키가 자라는 게 불가능하다면 조금이라도 자유롭게 움직일 수 있어 내가 원하는 걸 보고 싶었다. 그렇지만 아무리 애를 쓴다 해도 내가 사람들처럼 키가 자랄 리도 없었고 또 대나무에 걸려 있는 상태에서 벗어날 길도 없었다. 욕망이 생길 때마다 덩달아 좌절이 생겼다. 그래도 나는 집주인아저씨의 삶을 들여다보고 싶은 마음에 내 키가 조금만 더 컸더라면 하고 나도 모르게 소망했다.

정말로 그런 소망이 통했던 것일까?

그 순간 나는 내 키가 자라고 있다는 착각에 빠졌다. 점점 그의 모습이 한눈에 들어오기 시작했다. 그는 책상에 앉아 노트에 무엇인가를 적고 있었고, 책상에는 여러 장의 구겨진 종이들도 보였다. 하지만 그 장면들이 환각 같지는 않았다. 정말로 내 키가 자랐을까? 나는 영문도 모른 채 감격스러워하면서도 우선은 더 깊이 방 안을 들여다보았다.

그때 내 몸이 좌우로 흔들리면서 낯익은 목소리가 들려 왔다.

"주인아저씨는 지금 뭘 하고 있니?"

대나무였다. 그러고 보니 이번에도 내가 아니라 대나무

가 순식간에 쑥 자란 것이었다. 덕분에 나는 이제 방안의 전경을 한눈에 바라볼 수 있었다. 나는 엄청난 생명의 힘을 간직한 대나무가 너무 부러웠고 한편으로는 내 키가 자란 게 아니라는 생각에 조금 실망스럽기도 했지만, 아무튼 집주인아저씨가 사는 방 안을 훤히 들여다볼 수 있게 되었다는 사실에 곧바로 만족해버렸다.

"빨리 말해봐. 주인아저씨는 뭘 하고 있니?"

"응. 글을 쓰는 중인 듯한데, 지금은 노트를 읽고 있어."

나는 그렇게 대답하면서 그가 넘기는 노트들을 훑어보기 시작했다. 책상 위에는 여러 권의 두툼한 노트가 놓여 있었다. 나는 그가 넘기는 노트들을 따라갔다. 그의 손은 며칠은 씻지 않은 듯 지저분했다. 금방이라도 땟물이 흐를 것 같은 그 손이 아까 강변에서 내 허리춤을 잡아챘다고 생각하니 불쾌한 기분이 조금 들기도 했지만, 그런 생각은 금방 호기심에 묻혀버렸고, 나는 곧 그를 따라 노트를 읽기 시작했다.

그의 노트들 중 어떤 건 수십 년은 되어 보였다. 하얀 종이가 누렇게 변색된 데다 손때가 덕지덕지 묻어 본래의 색깔을 알기 어려울 정도였다. 첫 번째 노트의 첫 장은 "드디어 책과 노트를 샀다. 이제는 돈을 벌면서 공부도 할 수 있다."라는 문장으로 시작했다. 그 아래 "노력, 성공, 행복한 가정."이라는 단어들이 연이어 이어졌다. 그 뒤로 그는 수십 장의 노트에 때로는 성공에 대한 꿈을, 때로는 기술을 배우는 고통을 그려나갔다. 손이 찢어진 날에도 그는 노트에 "이를 악물자."라고 썼고, 손가락 하나가 부러진 날에는 푸시킨의 「인생」이라는 시가 등장했다. 그리고 어느 순간부터는 미국에 대한 동경이 시작됐고, 미국에서 성공해서 돌아오리라는 손때 묻은 그의 다짐이 노트의 여러 면을 채워나갔다.

그가 또 한 권의 노트를 들추었을 때 나는 짐작은 했지만 그래도 놀라고 말았다. 그 노트의 첫 문장은 "My name is Paul."이었다. 놀랍게도 그가 바로 라일락나무가 얘기한 진혁이었고 감나무 아주머니가 얘기한 폴이었다. 나만 놀란 게 아니었다. 대나무도 놀란 나머지 양옆으로 거칠게 흔들렸고 마당에 있던 모든 존재들이 술렁거렸다. 집주인아저씨가 바로 그 이야기들의 주인공이었다.

그의 노트는 이제 영어단어들로 채워졌고 어느 순간 아키코의 이름이 등장했다. 아키코를 처음 만난 날의 인상에 대해 그는 "귀여운 여자애."라고 적었다. 그녀를 만나는 날의 설렘, 수업이 끝나고 귀가하는 아키코의 이름을 불러 세울 때의 긴장감, 아키코를 위해 밤새워 목걸이를 세공할 때의 기대감과 그녀가 목에 걸었을 때의 기쁨들이 생생하게 노트 위에 그려졌다.

아름다운 청춘의 감정들은 타카시 씨가 노트에 등장하면서 무참히 깨지고 말았다. 배신당한 한 남자의 격한 감정들이 노트의 구석구석을 채웠다. 내가 그것들을 따라 읽어 나가자 대나무는 몹시 흔들렸다. 하지만 노트를 읽는 그의 어깨가 대나무보다도 더 흔들리는 것 같았다. 그는 갑자기 펜을 들어 낡은 노트 위에 "꼭 그 때문이었

을까?"라고 적어 넣더니, "어쩌면 자격지심이었을지도 모
르지. 어쨌든 아키코는 나를 사랑했었으니까."라고 혼자
중얼거렸다.

그 후로는 주로 새로운 사업계획, 확장, 귀금속의 구입
과 판매 등에 대한 얘기들과 돈을 세는 숫자들만이 노
트를 채웠다. 그리고 한참 후에 제임스의 이름이 등장했
다. 제임스는 무미건조한 생활 속에서 고향에 대한 향수
와 가족에 대한 그리움을 달래게 해 준 유일한 친구였
고, 때로는 아버지나 형제 같은 사람으로 등장했다. 하지
만 그 자신이 선택했다고 할 수 있는 제임스와의 의절과
이어진 제임스의 비극은 그로 하여금 견디기 어려운 번
민과 회의의 날들을 보내게 했다. 제임스의 이름만이 큼
지막하게 쓰인 채 다른 아무 내용도 없이 텅 비어 있는
노트장도 보였다. 그는 비어 있는 공간을 자신의 삶에
대한 근원적인 회의로 채워 넣고 있었음에 틀림없었다.
감나무 아주머니의 말대로 그는 자신의 삶이 진실한 삶
인지에 대해서, 그가 제임스에게 또는 제임스가 그에게
어떤 사람이었는지에 대해서 묻고 있었을 것이다.

제임스의 이름이 등장한 후 아키코와 타카시 씨의 이
름도 몇 번 더 등장하다가 한국에 돌아온 후의 생활들

이 이어졌다. 결혼이라는 단어 뒤에는 유난히 물음표가 뒤따랐다. 그는 자신의 마음속에서 사람에 대한 사랑과 신뢰를 회복하지 못하고 있었다. 자신이 겪은 상처와 자신이 되갚은 상처들이 마음 깊은 곳에 남겨놓은 뚜렷한 흔적들을 아직 지워내지 못하고 있었다. 하지만 결혼 후 아내가 아이를 임신하고 나서부터는 설렘과 기대가 노트 곳곳에 흘러넘치기 시작했다. 아내의 배에서 느껴지는 태동의 신비로움, 잠을 자다가 태중의 아이가 발길질을 하자 깜짝 놀라 일어났던 기억, 첫 딸이 태어나고 또 아들이 태어나고 나서의 몇 년 동안의 육아와 즐거운 가족 여행들, 이런 소중한 기억들이 노트를 빼곡히 채웠다.

이 무렵부터는 진혁 아저씨에게 삶은 회의나 번민의 대상이 아니었고 좌절이나 고통의 기억도 아니었다. 그가 이 노트를 쓴 사람이 틀림없다면 그는 이제 다른 마음을 품고 강변에 올 까닭이 전혀 없었다. 그는 오랜 상처와 상실의 시간을 지나서 마침내 평온하고 따뜻한 일상적인 가정의 행복에 이른 것이다. 처음 사랑했던 아키코와 가정을 이룬 것은 아니었어도 그래도 한 가정을 이루고 소중한 아이들이 태어났으며 아빠와 남편으로서의 행복감을 느끼기 시작한 이상 그가 오늘 같은 모습을 보일 까닭은 전혀 없었다. 노트에 기록된 그의 삶은 더 이상 그가 텅 빈 눈빛을 가져야 할 이유에 대해 알려주지 못했다.

노트를 넘기던 진혁 아저씨의 손끝이 떨리기 시작했다. 그의 등줄기가 뻣뻣하게 굳어지는 것 같았다. 그가 떨리는 손으로 넘긴 노트에는 지우기 위해 마구잡이로 덧칠해버린 문구가 보였다. 하지만 원래의 문구들은 수없이 덧칠되었음에도 불구하고 여전히 흔적을 남기고 있었다.

"보석 따위 때문에…."

그리고 금고, 아이, 병원, 수술, 이런 단어들이 그의 노트를 따라 내 입에서 흘러나오자 대나무는 격렬하게 흔들렸고, 잡풀들이 웅성거리는 소리는 회오리바람이 되어 여러 개의 홍시를 땅바닥에 떨어뜨렸다.

그가 바로 금고의 주인이었다.

나는 CCTV의 얘기를 돌아보았다. 진혁 아저씨는 귀중한 보석들을 지키기 위해 금고를 들였지만 금고는 보석보다 더 소중한 딸아이를 불구로 만들어 버렸다. 그로 인해 그는 아내에게서 버림받았고 교도소에까지 다녀와야 했다. 나는 그제야 그가 허수아비처럼 텅 빈 눈빛을 가진 이유와 그가 강변에서 나를 보고 내뱉었던 말을 이해할 수 있었다.

나는 사람들에 대한 진실, 알고 보면 허무할 수밖에 없는 변함없는 진실을 떠올려 보았다. 행복한 사람도 한순간의 사고로 모든 걸 잃었다. 그것이 인간의 비극이었다. 사고는, 어디에서든지, 언제든지, 일어났다. 단지 누가 그 사고의 현장에 있느냐의 차이만 있을 뿐이었다. 끝없는 우연과 운명의 장난이 언제라도 한 사람의 인생을 파멸로 이끌 수 있었다.

물론 나는 한 번도 인간의 비극을 직접 경험한 적은 없었다. 전부 들판에서 귀동냥을 한 것들뿐이었다. 하지만 진혁 아저씨의 비극을 보면서 진심으로 운명은 인간의 편이 아니라 생각했다. 불우한 유년시절과 고통스러운 청년시절을 보낸 한 남자가 결국에는 한 번의 사고로 인해 자식과 아내에게서 버림받게 되다니, 이것은 죽음보다도 더한 비극이었다.

"뭐야, 그럼 이 집 주인이 금고 주인이었단 말이야?"

침울한 정적을 CCTV가 깼다.

나는 어이가 없었다. 그는 누구의 집을 지키는지도 모른 채 그저 지키고 있을 뿐이었다. 무엇을 위해 필요한지도 모른 채 무작정 성공을 노리는 사람들처럼, 그는 자신이 누구를 지키는지조차도 몰랐다. 어처구니없게도 그 점에서 그는 사람들을 닮아 있었다. 사람들은 오로지 목표만을 위해 살뿐 그 목표를 세운 이유는 돌아보지 않았다. CCTV는 오로지 지켰을 뿐, 무엇을 지키는지 누구를 지키는지는 그에게 중요하지 않았다.

나는 마음을 진정시키고 진혁 아저씨의 손끝을 따라갔다.

금고 사건은 모든 것을 삼켜버렸다. 그는 무너져 내렸다. 그는 절망했다. 그는 자기 자신에 대한 역겨움에 굴복하고 말았다. 보석을 지키기 위해서 설치한 금고가 사랑하는 딸을 불구로 만들었을 때, 그는 차라리 자기가 대신 불구가 되고 싶었다. 원래대로 돌이킬 수만 있다면 자신의 팔다리가 잘려도 좋았다. 하지만 사고는, 운명은, 그렇게 원하는 대로 돌이킬 수 있는 게 아니었다. 운명이란 그렇게 인간의 욕망을 배반하기 때문에 비로소 의미를 가지는 것이었다. 그의 뜨거운 회한이 노트의 구석구석을 채웠다. 비통한 아버지가 써내려간 운명의 비극이 노트의 모든 구석을 어둡게 물들였다.

어느새 나는 마음속으로 울고 있었다. 나는 견딜 수

없었다. 차라리 내가 죽고 싶은 마음이 들 정도로 알 수 없는 전율이 나의 등허리 부분을 뚫고 지나갔다.

진혁 아저씨는 있는 대로 돈을 모아서 딸아이 수진을 미국 유명 대학병원에 보내 치료를 받게 했다. 하지만 수진은 완전하게 회복하지 못했다. 그리고 그는 재판을 받았다. 그 역시 고통받은 아버지였으므로 재판이 면제되었어야 했다. 나는 그렇게 생각했다. 하지만 그는 재판을 받았고 그의 아내는 그의 처벌을 강력히 원하고 나섰다. 그 과정에서 그가 아내에게서 느낀 배신감들이 노트 여러 장에 그려졌다. "사랑 없이 이루어진 결혼의 결말?"이라는 질문 아닌 질문이 노트 한 장을 채우기도 했다. 아이들에 대한 사랑, 자신에 대한 회한, 그리고 아내에 대한 배신의 감정까지, 바라보는 내 눈까지도 멀게 할 것 같은 강렬한 감정들이 노트를 가득 채웠다.

그가 교도소에서 쓴 글들은 표지가 얇은 새 노트에서 시작되었다. 그는 끊임없이 자기를 용서하기 위하여 노력했다. "내 잘못이 아니야."라는 말부터 "모든 게 내 잘못이야."라는 말까지, 아내에 대한 복수의 감정에서부터 용서와 화해의 마음까지, 수많은 감정의 찌꺼기와 그것에서 벗어나기 위한 자신과의 격렬한 투쟁이 노트 여러 장에 새겨졌다. 끝없이 주어진 교도소에서의 의미 없는 시간들 속에서 그는 진짜 자신의 의미를 찾기 위해 죽을힘을 다해 노력하고 있었다.

책장을 넘기던 그의 손이 "이방인"이라는 작은 글자 옆에서 멈췄다. 알베르 카뮈의 이방인에 대해 그는 "의미와 무의미의 대결"이라 썼다. 그리고 그 아래에 낙서들이 어지럽게 남아 있었다.

"인간은 죽음 직전에도 삶을 꿈꾸는가? 단두대를 향하면서도 선택하고 싶은 처형장의 모습을 마음속에 그린단 말인가? 이게 인간의 모습이란 말인가? 끝없이 의미를 만들어내 살아가려는 모습, 이것이 내 모습이라는 말인가? 무의미한 삶 속에 의미를 만들어내려는 모습, 이것이 진정한 내 모습인가? 도대체 내가 살아가야 할 이유가 무엇이란 말인가?"

그는 살아야 할 이유를 끊임없이 갈구하고 있었다. 점점 그의 낙서는 존재에 대한 회의로 넘어갔다.

"존재하기 위해 존재한다면, 존재하기 위해 아무 의미도 없는 가짜 의미를 만들어낸다면, 그게 도대체 무슨 의미가 있단 말인가?"

그는 마지막 노트를 열었다.

그곳에는 아이들에 대한 그리움이 가득했다. 아이들에 대한 절절한 감정들이 곳곳에 얼룩진 눈물자국에 스며있었다. 그는 내가 바다를 그리워하는 마음의 몇만 배쯤 아이들을 그리워했다. 노트를 한 장 한 장 넘기는 그의 손끝의 떨림이 차가운 밤공기를 타고 나에게도 전달되었다. 넘겨야 할 노트가 몇 장 남지 않았다는 생각이 들자 그의 등 뒤에서 죽음의 그림자가 어른거리는 것 같았다.

"어떡하지? 노트를 다 넘기면 무슨 일이 생기는 거지?"

나는 나도 모르게 중얼거렸다. 그러자 CCTV가 되새김질을 하듯 아까 했던 말을 또다시 반복했다.

"아니 정말 금고 주인이 이 집 주인이었단 말이야?"

나는 정말로 CCTV에게 화가 났다. 자신이 누구를 지키는지도 모른 채 누군가를 지키다니 그건 참으로 우스꽝스러운 일이었다. 자기가 누군지도 모르면서 그게 자기 자신이라 주장한다면 그게 옳은 일일까? CCTV는 어리석었다. 의식이 있다 해서 어리석지 않은 게 아니며, '나'라는 관념이 있다 해서 어리석지 않은 것도 아니었다. 하지만 진짜 어리석음은 그 어리석음을 자신의 죽음 앞에서 깨닫는 것이었다. 진혁 아저씨는 돈을 지키기 위해 친구를 잃었고 보석을 지키기 위해 사랑하는 아이들을 잃었던 어리석음을 이제야 절실히 깨닫고 있었다.

　그가 비틀거리며 자리에서 일어서더니 술을 따랐다. 유리잔을 한가득 채웠던 투명한 액체가 그의 입 속으로 순식간에 빨려 들어갔다. 술잔을 내려놓은 손으로 그는 펜을 움켜쥐었다. 그의 손은 밝은 불빛 아래에서도 밝게 빛나지 못했다. 광부의 손처럼 거무튀튀한 손으로 그는 빈 노트에 휘갈기기 시작했다.

❖

술 한 잔은 꽃향기를 지우고
술 두 잔은
새소리도 지운다

술 젖은 대기가 재구성한 계절은
기쁨은 여름
슬픔은 가을이라 하니

술의 찌끼가 핏속에 스미고
온 몸의 핏줄은
뒤틀린 시간에 춤을 춘다

그래, 춤사위 따라 술병 흔들며
한 잔 운명을 쏟고
두 잔의 그리움을 잊으리라!

하지만 보아라,
살의殺意같은 그 놈은
호흡 사이마다 숨을 쉰다

아, 그 또한 마셔버려야 하거늘
꽃향기 새소리까지 지워도
그리워할 운명은 술잔 뒤로 숨는구나

계절 탓에 잠들기가 두렵고
나이 탓에
꿈꾸는 게 두렵다

허나 꿈속에선 그리움마저 꿈이기에
진정한 악몽은
잠이 깨야 시작되는구나

꿈조차 움켜쥔 그 놈이 속삭인다
상처를 잊고 싶은가
상처를 되갚고 싶은가

모질게 다가오는 새벽녘
도대체
내 몸 어디가 이리 아프단 말인가!

하지만 보아라,
운명을 잊은 한낮엔
차디찬 태양이 솟아오른다

아, 그리움은 거짓말이다
이른 새벽에 내뱉은
술의 거짓말, 운명의 거짓말이다

그가 잠깐 일어나 사라졌다 돌아오자 뒤편에서 어둡고 비통한 음악이 시작되었다. 대나무는 진혁 아저씨가 벌써 며칠째 듣고 있는 차이콥스키의 비창 교향곡이라 소곤거렸다. 파곳과 콘트라베이스로 시작된 어두운 음악은 점차 비극적 긴장을 더해갔고 음악이 이어지는 동안 그는 여러 잔의 술을 더 마셨다. 격렬하게 폭발하는 3악장을 거쳐 마지막 4악장이 쓸쓸한 아다지오로 끝나자 그는 다시 펜을 들었다.

　나는 그가 또 다른 시를 쓰리라 생각하려 애썼다. 그의 등 뒤에는 여전히 죽음의 그림자가 어른거렸지만 나는 그가 자신의 심정을 시로 승화시켜 이겨낼 수 있으리라 희망했다. 운명을 예술적 창작으로 극복한 많은 예술가들처럼 말이다. 하지만 생각해 보면 내가 이 집에 있는 이유는 그가 죽음을 결심하고 강변에 왔기 때문이었다. 그렇지 않았다면 그가 강에 올 까닭이 없었다. 그러니 비창 교향곡은 진혁 아저씨가 삶과의 이별을 위해 마지막으로 선택한 음악일지 모른다는 생각이 머릿속에서 내내 맴돌았다.

나는 그가 끝까지 삶의 희망을 이어가기를 바라면서 간절한 마음으로 그의 펜 끝을 따라갔다.

"삶의 이유를 찾지 못해 죽는 게 아니다. 나는 삶의 이유를 찾아 죽는다."

그는 그렇게 적었다.

나는 갑자기 목이 메어왔다. 죽음이 삶의 이유가 될 까닭은 없었다. 죽음과 삶은 결코 같은 차원의 존재가 아니지 않은가 말이다. 어쩌면 죽음은 존재라고 말할 수 있는 존재도 아니었다. 하지만 그는 죽음을 삶의 이유라 말하면서 죽음을 선택하려 하고 있었다. 그의 펜 끝을 따라 전해오는 내 목소리의 떨림이 점차 격해졌고 나는 그의 펜을 멈추고 싶은 걷잡을 수 없는 욕망을 느꼈다.

"살아가야 할 사소한 이유를 만들 수도 있겠지. 하지만 그러기에는 너무나 소중한 사람들을 잃었다."

내가 그의 글을 따라 읽어 가자 모두들 아무 말 없이 듣고만 있었다. 나는 떨리는 목소리로 그가 쓰는 스스로에 대한 죽음의 초대장을 계속 읽어나갔다.

"내가 저지른 모든 어리석음에 대해 참회한다. 물론 내가 죽는다 해서 누구에게 의미를 줄 수 있겠는가. 나는 작고 귀여운 손을 가지고 태어났고 문학과 철학에 관심이 많은 여린 소년이었다. 하지만 이제 나는 더럽고 투박한 손을 가진, 돈밖에 몰랐던 사람으로 기억되겠지. 나는 대나무에 걸린 저 허수아비보다도 더 의미가 없는 존재일 뿐이다."

나는 그에게 말해주고 싶었다. 그는 적어도 나보다는 큰 의미를 가지고 있다고. 그에게는 사랑하는 어머니가 있었고 그에게는 아직 멀리 있지만 장차 아빠를 그리워하게 될 아이들이 있다고 큰 소리로 알려주고 싶었다. 최소한 대나무에 걸려 꼼짝도 못하고 있는 이 허수아비보다는 살아야 할 이유가 훨씬 더 많다는 걸 알려주고 싶었다.

"죽음은 두렵지 않다. 죽음이 아니라 죽어서도 의미를 얻지 못할까봐 두려울 뿐이다. 내가 아무런 의미도 없는 존재라면, 내가 누군가에게라도 아무런 의미를 남기지 못한다면 도대체 살아야 할 이유가 무엇이란 말인가? 하지만 죽음은 나에게 적어도 어떤 의미라도 복원시켜 주리라. 나는 그렇게 소망한다."

그의 말이 가슴 깊은 곳을 찔러왔다. 만일 내가 누군가에게 아무런 의미도 아니라면 나는 도대체 왜 살아야 한단 말인가? 그의 말이 옳았다. 생각해 보면 나는 들판에서 농부들의 만족스런 미소가 나 때문이라 생각하며 살았다. 나를 떠나보낸 농부들은 지금 나를 몹시 그리워하고 있으리라 생각하고 있었다.

그는 잠시 멈추고 술을 한 잔 더 들이키더니 이제껏 쓴 문구들을 쳐다보다가 두 손으로 격렬하게 종이를 구겨 구석으로 던져버렸다. 나는 그가 자살을 포기할지도 모른다고 소망어린 짐작을 했지만 그는 또 한 번 펜을 움켜쥐었다.

"교도소 안에서, 그리고 교도소보다도 더 외로운 교도소 밖에서, 수도 없이 생각해 보았다. 하지만 수많은 갈증 같은 시간들 속에서 아무리 생각을 거듭해도 나는 정녕 모르겠다. 대체 나의 의미라는 게 뭐란 말인가? 누구에 대한 의미인가? 나에 대한 의미인가, 가족과 친구들에 대한 의미인가, 사회에 대한 의미인가? 나는 무엇이며, 나는 누구에게 의미란 말인가? 도대체 이것은 무슨 괴물이란 말인가? 이 괴물덩어리, 괴물덩어리. 도대체 이 괴물덩어리는 무엇인가? 나는 무엇이며, 살아야 할 이유는 무엇이며, 존재의 의미는 또 무슨 괴물 덩어리란 말인가?"

그는 여기까지 쓰고 나서 잠시 멈췄다. 그는 또 술 한 잔을 따르고 술잔을 만지작거렸다. 그가 기울이는 술잔에 선주와 인호의 얼굴이 스쳐지나가는 듯 보였다. 그건 내가 본 환상이었다. 그에게 지금 가장 필요한 사람은 바로 선주와 인호가 아닐까, 나는 그렇게 생각했다. 그에게 필요한 건 과거의 친밀함이며 미래를 향한 그리움이 아닐까, 나는 그렇게 생각했다.

그는 노트 뒤 안쪽 표지에서 두세 살쯤 되어 보이는 여자아이의 사진을 꺼내들었다. 수진의 어린 시절 사진이었다. 한참을 바라보던 그는 사진을 셔츠 주머니에 넣고는 다시 펜을 들었다.

"대체 나의 의미는 무엇이란 말인가? 이 질문 또한 얼마나 멍청하고 어리석은 질문인가? 의미라는 게 도대체 누구에 대한 의미이겠는가? 그것은 나의 존재가치를 묻고 있을 뿐이지. 누가 나를 평가할 것인가? 평가라는 게 뭔가? 이 보석이 예쁜지 저 보석이 예쁜지, 이 반지가 비싼지 저 목걸이가 어울리는지, 이런 것들이 평가가 아닌가 말이다. 결국 내 존재가치는 나 혼자로서는 존재할 수도 없지 않는가? 만일 나 혼자 존재한다면 나는 그때도 의미를 물을까? 모든 사람이 다 죽고 나 혼자만 존재한다면 그때도 나는 나의 존재의 의미를 물을 것인가? 만일 나와 지구와 그리고 신만이 존재한다면 그때도 나는 나의 존재를 물을 것인가? 아, 어리석은 자여!"

그는 미쳐가고 있었다. 그는 실성이라도 한 듯 자신도 모르고 다른 누구도 이해하기 어려운 글귀들을 끼적거려 나갔다. 하지만 그의 손끝은 점점 느려졌다. 나는 그게 더 염려스러웠다. 그는 의미를 찾는 과정에서 제정신을 잃어가고 있었지만 자신을 위한 어떤 존재의 의미도 발견하지 못하고 있었다. 그게 무엇을 의미하겠는가? 그는 극복하지 못하고 포기하고 있었다.

"도대체 왜 저토록 의미를 찾는 거지? 그냥 나처럼 정해진 대로 지키기만 하면 되잖아, 안 그래?"

CCTV는 혼자서 공중을 향해 쏘아붙였다. 나는 무식해 보이는 그의 선언을 무시한 채 진혁 아저씨의 손끝을 쉬지 않고 따라갔다.

"결국 존재의 의미는 오로지 관계 속에서의 의미일 뿐이다. 사람들 사이에서 나의 의미가 없다거나, 사람들 사이에서 나의 의미가 내가 원하는 기준에 미치지 못하다는데 불과한 것이다. 보석들도 그렇지 않은가. 보석도 언제나 다른 장신구들 사이에서 의미를 가질 뿐이지 않은가 말이다. 하나만 존재하는 보석은 이미 보석이 아니지 않는가."

그는 또 한 번 종잇장을 구기더니 벽을 향해 던져버렸다. 그는 이제 유서를 마치지도 못할 만큼 정신적으로 피폐해졌을까? 나는 점차 인간이 되고 싶다는 생각에 회의를 가지기 시작했다. 자기 삶의 주인으로서 산다는 게 저토록 의미를 갈구하고 저토록 사랑을 갈구하는 것이라면, 그리하여 의미를 위해 죽음을 선택해야 할 만큼 간절한 부족함의 상태에서 사는 것이라면, 나는 그걸 감당할 자신이 없었다.

　그는 또 한 장의 노트에 쓰기 시작했다.

　"나는 언제나 의미에 목말랐다. 나는 언제나 사랑에 목말랐다. 나는 언제나 부족한 사람이었다. 끊임없이 모았던 돈과 보석이 언제 나를 채웠던가? 한 번도 단 한 번도 나의 이 작은 그릇을 채우지 못했다. 보석도, 의미도, 진리도, 관계가 없으면 사회가 없으면 다 사라지는 게 아니었던가, 아, 이것이란 말인가? 오늘 나를 이렇게 죽음으로 몰아넣는 것이."

　나는 그가 쓰는 대로 읽으면서도 그게 무엇인지 알 수 없었다. 그를 죽음으로 몰아넣고 있는 건 가족들이 자신을 떠났다는 사실이었다. 그런데도 그는 의미의 무의미함이라는 형이상학적 넋두리만 적어 넣고 있었다. 그는 이미 채워졌었다. 그는 아이들을 보면서 충만한 감정으로 채워졌었다. 다만 금고 사건으로 인해 깨졌을 뿐이었다.

"그래, 의미와 진리는 오직 관계 속에서만 존재하겠지. 그런 모든 관계를 놓친 나는 어디에서 존재의 이유를 찾는단 말인가. 결국 제임스와 아키코와 선주와 어머니가 나의 존재의 의미였단 말이지? 아, 나는 귀여운 딸자식에게 그런 짓을 해놓고 도대체 무엇을 바라는가? 나는 죽어 마땅한 놈이 아니던가? 내가 딸아이에게 한 짓을 어떻게 용서받는단 말인가? 차라리 이방인처럼 단두대형을 선고받았다면 좋았을 것을. 그랬다면 이 고통이 없었을 것을."

여기까지 쓰고 나서 그는 미친 듯이 웃더니 술잔을 들이켰다. 그는 미쳤다가 정상이었다가 다시 미쳤다가를 반복했다.

"이 얼마나 우스운가 말이다. 관계 속에서 끊임없이 나만의 의미를 추구하다니 말이다. 나만의 의미도 결국은 남과의 관계 속에서의 나만의 의미이지 않은가. 이 얼마나 역설적인가. 나는 남과의 관계 속에서 남과의 차별성을 찾아 나만의 의미를 추구하지 않는가 말이다. 차별성, 차별적 가치, 하지만 그건 그저 사회를 향한, 남들을 향한 가치선언일 뿐이다. 사회가 없고 관계가 없다면 선언 자체가 용납되지 않는다는 사실을 어찌 이리도 몰랐단 말인가. 우습게도 우리에게는 두 갈래 길밖에 없다. 우리는 남을 따라 남과 함께 사는가, 아니면 남과 달리 남과 함께 사는가의 기로에 서 있을 뿐이다."

죽음을 초대하는 그의 탄식은 끝이 없었다. 하기야 한 사람이 자기의 존재의 의미를 부인하며 스스로의 삶을 말살하려 한다면 기억하고 싶은 사연이 얼마나 많겠는가. 하지만 나는 그의 존재에 대한, 의미에 대한 질문 사이에서 길을 잃고 있었다. 그 역시 자신을 죽음으로 초대하면서 길을 잃었는지 잠시 펜을 만지작거렸다.

그의 뒤편에서는 이제 피아노와 첼로의 이중주가 들려왔다. 음악은 존재의 심연에서 강제로 소환된 듯 고음역의 첼로로 비통하게 시작되었다. 존재의 무의미를 조롱하는 듯한 레치타티보 풍의 선율을 거쳐 첼로가 피아노의 부추김 속에 격정에 찬 행진을 시작하자, 거부의 몸짓과 체념의 몸짓이 뒤섞인 그 음표들 사이에서 진혁 아저씨는 거칠게 펜을 휘젓고 말았다. 그랬다. 존재의 바다 저 아래 심연을 향한 첼로의 행진은 스스로 나아가는 행진이 아니었다. 그것은 격정적이었지만 운명에 붙잡힌 포로들의 행진이었다. 행진은 마침내 힘을 다하고 말았다. 그리고 존재의 무기력함을 허무하게 바라보고 있을 뿐이었다.

운명과 그의 이중주도 그렇게 끝이 날 참이었다. 그는 작곡가 김천욱의 첼로와 피아노를 위한 이중주 심연이 끝나자 다시 펜을 집어 들었다.

"선택할 시간이야."

그는 그렇게 말하더니, 한탄조로 몇 마디를 더 중얼거렸다.

"연락이 끊긴 게 몇 년인가? 기다린다? 그게 의미가 있을까?"

그는 자신에 대한 마지막 초대장을 적어 나갔다.

"그래 선택해야겠지. 내가 사랑한 사람들이 나를 사랑하지 않은 이유가, 내가 사랑하는 사람들이 나를 사랑하도록 만들지 못한 이유가, 바로 나 자신이라는 사실을, 그렇게도 실패하는 게 두렵고, 그렇게도 자식들이 불행해질까봐 두려웠기에, 오히려 딸자식의 인생을 망쳐버린 사람이 바로 나라는 사실을, 그리하여 내 인생은 실패로 끝났음을 겸허히 인정하기에. 이제 나는 죽음이 아니고서는 나에게 용서와 사랑을 회복시킬 어떤 방법도 없음을 알기에 선택한다. 죽음만이 이 무거운 비난과 고통의 십자가를 내려 주리라 믿기에."

잠시 머뭇거리던 그의 손끝이 떨렸다. 그리고 그가 오랫동안 가슴속에 품어왔던 한 마디가 초대장의 마지막 문구를 장식했다.

"수진아, 보고 싶구나."

보름달

책상 위와 책상 아래에는 결국 서너 장의 유서가 정리
되지 않은 채 남았다. 나는 어두움을 싫어했지만 그 날
만큼은 동이 트지 않기를 바랐다. 동이 트면 그는 다시
강으로 갈 것이다. 나는 시간이 멈추기를 소망했다. 하지
만 세상 모든 게 멈출 수 있어도 세상 자체인 시간만큼
은 멈출 수 없는 일이었다. 시간의 수레바퀴는 어김없이
태양을 언덕 위로 밀어 올렸다. 멀리 언덕 뒤편으로 오
로라 같은 빛들이 하늘 한구석을 비추더니 점차 노랗고
붉게 세상을 물들여갔다. 그리고는 바가지처럼 엎드린
언덕 뒤쪽에서 태양이 부끄러운 듯 살짝 모습을 보였다

가 이내 온 세상을 점령해버렸다.

　그는 초췌한 모습으로 현관을 나섰다.

　밤새도록 소곤거렸던 CCTV, 감나무 아주머니, 대나무, 라일락나무와 나는 아무 말도 하지 못한 채 그를 지켜보기만 했고, 오리 사냥개만이 철없이 꼬리를 흔들며 그를 향해 펄쩍펄쩍 뛰어올랐다. 나는 그 어린아이 같은 행동에 마음속으로 혀를 찼지만 오리 사냥개가 그렇게 해서라도 그를 멈춰 세우기를 바랐다. 하지만 그는, 세상의 모든 의미, 존재의 모든 의미가 사라진 표정으로 내 앞에 섰다.

　그는 나를 올려다보았다. 그는 밤새 훌쩍 키가 큰 대나무를 잠시 쳐다보더니 나를 잡아 대나무에서 끌어내렸다. 나는 그의 눈을 들여다보았고 그도 내 눈을 들여다보았다. 나는 그의 눈에서 한 올의 의미라도 찾고 싶었지만 그는 내 눈에서 그런 간절한 눈빛을 읽지 못한 듯했다. 그는 내 허리를 한 손으로 움켜쥐더니 대문을 나서 걷기 시작했다. 오리 사냥개가 그를 따라 대문을 나서자 그는 잠깐 동안 생각하는 듯싶더니 제지하지 않고 그대로 길을 재촉했다.

　세상이 내 눈앞에서 거꾸로 흔들렸다. 나는 사람이 되

고 싶다거나 나 자신의 주인이 되고 싶다는 생각을 미루어 두고 어떻게 하면 그의 발걸음을 돌릴 수 있을지에 대해 생각해 보았다. 물론 그건 내게 있어서는 불가능한 일이었다. 나는 위아래가 뒤집힌 세상을 바라보면서 그도 세상을 거꾸로 볼 수만 있다면 하는 생각이 들었다. 거꾸로 뒤집힌 세상을 본다면 온전한 세상에서 스스로의 주인으로 살아간다는 게 얼마나 자랑스러운 일인지 알 수 있었을 텐데.

그와 나의 절망감을 짐작도 못하는지 오리 사냥개는 이리저리 어지러이 껑충거리면서 우리를 따라왔다. 논둑에 이르렀을 즈음 나는 내가 그를 멈춰 세울 수 없다는 사실을 분명히 깨달았다. 그의 죽음은 이제 구급대원을 부른다 해도 멈출 수 없을 게 틀림없었다. 그는 김 씨 아저씨의 아들과는 달랐다. 그리고 이제 나는 다시 바다를 향해 떠나갈 것이다. 강변에 이르면 그는 강물에 몸을 던질 것이고 나는 원래대로 바다를 향한 항해를 시작하리라.

여기까지 생각이 미치자 갑자기 그 집에 있던 존재들이 그리워졌다. 더는 대나무의 어깨를 타고 그의 집안을 들여다보지 못할 터이며, 다시는 엉겅퀴들의 호기심 많은 질문과 감나무 아주머니의 현학적인 세계해석을 듣지 못할 것이다. 그리고 라일락나무가 해마다 죽을힘을 다해 피운다는 아름다운 꽃도 구경하지 못하리라.

우습게도 CCTV와 더 이상 언쟁을 하지 못하게 되었다는 사실도 아쉽게 느껴졌다. 이해하기 어려운 감정이었지만 그는 사실 나에게 적당한 만족감도 주었었다. 적어도 나는 그보다는 현명하고 넓은 마음을 가졌다는 그런 우월감 비슷한 감정이 있었다. 하지만 그런 것에 앞서 갑자기 CCTV가 그리워졌다. 어쩌면 나는 세상이 거꾸로 뒤집혀 보이자 내가 무엇을 좋아하고 무엇을 싫어하는지도 헷갈리기 시작했는지 몰랐다.

그의 발걸음은 점점 느려지고 무거워졌다. 아침공기는 몹시 차가웠고 그가 강물에 몸을 던진다면 삼십 분도 되기 전에 체온이 떨어져 죽을 게 틀림없었다. 그 생각이 다시 들자 나는 엉뚱하게도 오리 사냥개가 미워지기 시작했다. 적어도 진혁 아저씨는 나 때문에 하루를 더 살았다. 그런데 제 마음대로 몸을 놀릴 수 있는 오리 사냥개는 단 일 분도 그의 발걸음을 붙잡지 못한 채 그저 즐겁게만 뛰고 있었다.

이런저런 생각 끝에 나는 내가 CCTV를 미워한 이유가 꼭 CCTV 때문이라기보다는 나 자신의 운명 때문이라는 생각이 들기 시작했다. 사실 나는 나의 운명, 인간이 아닌 허수아비로 태어난 운명에 대해 화를 냈어야 옳았다. 그리고 CCTV보다는 나를 그 집에 데려간 진혁 아저씨에 대해 화를 냈어야 옳았다. 그런데도 나는 엉뚱한 대상에 화가 나 있었다. 아마도 진혁 아저씨의 허수아비 같은 눈빛 때문이었을 것이다. 그런데 지금 나는 다시 자기의 목숨을 버리려는 진혁 아저씨를 비난하지 않고 아무런 책임도 없는 철없는 오리 사냥개에 대해 화가 나기 시작한 것이다.

하지만 죽음 앞에서는 모든 잘못이 용서되는지도 모른다. 나는 갑자기 내가 인간이 되기를 원한다면 나도 죽어야 한다는 생각이 들었다. 사람들처럼 스스로의 주인이 되기 위해서는 언젠가는 죽어야 하고 나아가 죽음을 예감하고 있어야 한다고 생각했다. 그러고 보니 라일락나무도 죽음을 의식하고 있기에 해마다 꽃을 피우고, 감나무 아주머니도 죽음을 의식하기에 해마다 감을 열었다. 대나무 역시 죽음을 의식하고 있기에 그렇게 쑥쑥 자라는 게 아니었던가. 그렇다면 죽음이야말로 삶을 의미 있게 하는 근원임에 틀림없었다. 나는 그제야 진혁 아저씨가 그렇게나 존재의 의미를 찾으면서 죽음을 향해 가고자 하는 이유를 이해하기 시작했다. 죽음이야말로 삶에 의미를 주는 전제였다. 그리고 그는 그런 죽음을 통해 자신이 잃어버린 삶의 의미를 회복하고자 하고 있었다.

그가 멈췄다.

그는 걸음을 멈추고 주변을 두리번거리다가 강둑에 있는 커다란 나무의 부러진 가지에 나를 걸었다. 예상과 달

리 그는 죽음의 길동무가 아니라, 죽음의 증인, 삶과 존
재의 의미의 증인으로 나를 선택한 셈이었다. 오리 사냥
개는 내가 나뭇가지에 걸리자 껑충껑충 뛰어올랐다. 나
는 진혁 아저씨의 선택이 옳지 않다고 생각했다. 죽음으
로써 삶의 의미를 회복하겠다는 선택도 옳지 않았을 뿐
만 아니라 증인의 선택도 틀렸다. 나는 그런 증인이 될
자격이 없었다. 나는 그저 간절히 바다를 보고 싶은 이
름 없는 허수아비에 지나지 않았다.

그의 뒤편으로 높게 불어나 빠르게 흘러가는 강물이
보였다. 강물은 붉은 황토물이었다. 나는 그가 황토물 속
으로 몸을 던지는 모습을 마음속에 그려보았다. 그건 지
켜보고 싶지 않은 비극이었다. 그가 나를 강물에서 건져
올린 이유도 그런 자신의 비극을 강물에 떠내려가는 나
에게서 미리 보았기 때문인지도 몰랐다.

하지만 그런 비극을 미리 보았다면 그는 다른 선택을
했어야 옳았다. 사람이기에 언젠가는 죽어야 한다 하더
라도 적어도 그는 사랑하는 이들의 사랑을 확인하고 나
서 죽음을 선택했어야 한다는 생각이 들었다. 그랬다.
그는 사랑하는 사람들, 선주, 인호, 수진이의 사랑과 염
려 아래서 인생을 마쳐야 했다. 나는 그 생각이 너무도

간절했다. 아무리 죽음이 진혁 아저씨에게 의미를 회복시켜 준다 하더라도 그 의미가 삶 자체를 새로 가져다주는 건 아니지 않는가. 그는 삶의 의미를 찾아야 하고 더 나아가서는 그 의미를 회복한 삶을 직접 살아가야 했다.

그가 강물을 향해 돌아섰다.

내게 돌린 등 너머로 붉은 황토물이 들쥐를 노리는 구렁이처럼 커다란 입을 벌리고 있었다. 스스로 괴수의 먹이가 되려는 모습은 누구를 위한 비극이란 말인가! 그는 죽음을 통해 아버지와 어머니를 살리려는 것도 아니었고 세상을 구하려는 것도 아니었다. 그는 자신의 존재의 의미라는 터무니없는 목적을 위해 몸을 던지는 것에 불과했다. 그는 운명의 고통 앞에 무릎을 꿇고 있을 뿐이었다.

그가 강물을 향해 걸어갔다.

곁에서 꼬리를 흔들며 껑충껑충 뛰어오르는 오리 사냥개를 손으로 밀쳐내면서 그는 강물을 향해 천천히 걸어갔다. 강물이 그를 부르는 소리가 환청처럼 들려왔다. 나는 도저히 참을 수 없었다. 이것은 정녕 아니었다. 사랑하는 어머니가 있었고, 사랑하는 아들과 딸이 있고, 사랑하는 동생이 있는데, 그들의 무관심 속에 여리고 착하기만 했던 한 소년이 스스로의 목숨을 끊는 건 정말로 옳지 못했다. 나는 울컥한 나머지 다급히 소리쳤다. 나는 절박하게 그의 이름을 불렀다. 나는 마음속으로 간절히 "진혁 아저씨!"라고 외쳤다. 나는 연거푸 계속해서 "진혁 아저씨!"를 불렀다.

그가 갑자기 돌아섰다.

그가 내 목소리를 들었을까? 그는 나를 향해 천천히 걸어왔다. 나는 이제 더 뭐라고 해야 할까? 내가 어떤 얘기를 해야만 절망에 빠진 한 남자의 삶을 구할 수 있을까? 하지만 나에게는 아무런 이야기도 설득의 심리학도 없었다. 허수아비인 나는 그에게 내 목소리를 전할 수조차 없었다. 그걸 새삼 인식하자마자 나는 무기력하게 나뭇가지에 몸을 기대어버렸다. 힘없이 흔들리며 나는 그제야 내가 버드나무 가지에 걸려있다는 사실을 알았다. 버드나무 가지들은 가을바람을 따라 살랑살랑 흔들렸다.

"허, 그래. 너도 버려진 놈이었지."

그는 그렇게 말하며 내 눈을 들여다보았다.

한참을 들여다보더니 그는 나를 들어 올려 나와 함께 강변을 향해 걷기 시작했다. 그는 이제 나를 증인이 아니라 죽음의 공범으로 삼을 참이었다. 그가 한 걸음을 옮기자 버들가지 하나가 그의 귀 옆을 스쳐지나갔다. 한 걸음을 더 옮기자 다른 가지가 그의 얼굴에 닿았다. 그는 나를 붙잡은 손을 들어 올려 팔꿈치로 버들가지를 제쳤다. 그러자 또 다른 버들가지 하나가 그의 귓전을 스치며 지나갔고, 그러는 동안 버들가지들 사이로 불어오는 가을바람이 멀리 따뜻한 남쪽나라에서 들려온 얘기를 전하기 시작했다.

❖

호일의 눈이 스르르 감기려 했다. 이름도 모르는 잡풀들이 바닥에 누워 있는 호일의 어깨를 덮고 있고 바람개비 모양의 하얀 재스민 꽃은 호일의 눈앞 멀지 않은 곳에서 아련하게 흔들렸다. 모기와 날벌레들이 호일의 얼굴과 몸 여기저기를 노리고 있었지만 호일의 마음은 편안하기만 했다. 바람이 훈훈한 온기를 담고 있어 한기도 느껴지지 않았다. 오랜만에 느껴 보는 조바심도 없고 거리낌도 없는 느긋함이었다. 어린 시절 어머니의 무릎에 누워 막 잠이 들기 직전에나 느낄 법한 편안함이었다.

눈이 감기려 할 때 잡풀 한 줄기가 호일의 볼을 간질였다. 눈을 뜨자 호일의 눈 속으로 상앗빛 만월이 가득 차올랐다. 보름달의 아름다움은 고향이나 여기나 다를 바 없었다. 호일은 어린 시절에도 풀밭에 누워 달을 올려다보곤 했었다. 값나가는 것들이 많지 않은 농촌에서 낮은 하늘에 걸린 크고 둥근 보름달은 값진 예술작품마냥 호일을 감탄시키곤 했었다. 먼 이국땅에서 높이 떠오른 만월을 올려다보면서 호일은 열여섯 봄날 무르익는 보리밭 옆에서 올려다보았던 그 커다란 보름달을 떠올렸다.

벌써 몇 년이 흘렀지만 아직도 생생하게 기억의 큰 자리를 차지하고 있는 그 보름달 아래서 호일의 처음이자 이제 마지막이 될 연정이 꽃을 피웠었다. 화려하게 빛나는 보름달 아래서 미순의 볼은 보름달에 뒤지지 않으려는 듯 복숭아빛으로 발갛게 빛났고, 뽀얀 피부 위로 보일 듯 말 듯 솜털이 눈을 간질이듯 살랑였다. 달빛 아래서 호일은 미순의 탐스러운 볼과 오뚝한 콧등과 검은 조약돌 위 물방울처럼 빛나는 미순의 눈동자를 바라보았다. 미순은 잠깐의 음미할 틈도 주지 않고 내리 논둑길을 걸어갔지만 그 순간은 호일의 기억에 정지된 화면처럼 새겨졌다.

호일은 미순을 따라 마냥 논둑길을 걸었다. 산자락에
이르러 논둑길이 끝나면 둘은 돌아서 같은 논둑길을 반
복해서 걸었다. 개구리들은 호일과 미순을 피해 여기저
기로 달아났고, 두꺼비 울음소리도 곳곳에서 들렸다. 호
일은 "달이 참 밝다. 그지?"라는 말만 여러 번 되풀이했
다. 미순은 아무런 대답도 하지 않고 줄곧 걷다가 "니,
아부진 괜찮니? 저번 날 동네가 시끄러웠다며?"라고 물
었다. 호일의 아버지는 동네에서 유명한 술주정뱅이였다.
그리고 호일의 바람과는 달리 한두 동네 건너편의 미순
이 그걸 모를 리도 없었다.

아버지 얘기를 꺼내는 게 싫었던 때문인지 아니면 달
빛에 도취되어 미순이 허락하리라 생각하였던 때문인지,
호일은 처음으로 용기라 할 만한 감정을 마음속 깊은 곳
에서 끌어냈다. 호일은 말없이 다가가 미순의 손을 잡았
다. 짧은 순간이었다. 인생의 중요한 순간은 그렇게 아무
런 계획 없이 다가온다는 걸 호일은 나중에야 어렴풋이
알 수 있었다. 미순의 손을 처음 잡았을 때처럼 이곳에
오게 된 것도 그렇게 순식간에 결정되어 버렸다. 사람들
이 붙이는 논리적인 의미나 로맨틱한 설명은 나중에 만

들어내는 얘깃거리에 불과했다. 어쨌든 호일은 저도 모르게 미순의 손을 잡았다.

손을 잡은 그 짧은 순간 호일은 애써 북돋운 용기와 감추고 싶은 두려움, 애 닳는 번민과 폭발하는 행복감 같은 인간의 여러 가지 감정의 깊은 계곡을 순식간에 통과해 버렸다. 손바닥에는 땀이 조금씩 배어나오고 있었지만 미순은 호일의 손을 뿌리치지 않았다. 호일은 지그시 미순의 손을 잡아끌었다. 그리고는 계속 논둑길을 걸었다. 둘은 그 후로도 사랑하는 남녀가 겪는 여러 가지 애증의 대화와 몸짓들을 많이 나누었지만, 호일은 멀리 떨어진 곳에서 미순을 생각할 때마다 언제나 그 장면을 제일 먼저 떠올렸다.

쉬이이, 포탄이 재스민 꽃과 만월 사이를 가로질러 건너편 웅덩이 쪽으로 날아갔다. 폭탄이 터지는 소리, 단발마의 비명소리, 기관총이 불을 뿜는 소리가 뒤섞여 호일이 애써 기억 저편에서 끌어낸 오월의 정취가 산산조각 나 버렸다. 호일은 다시 눈을 뜨려 했지만 무거운 눈꺼풀은 스스로의 무게를 이기지 못했다. 닫힌 눈꺼풀 뒤편으로 미순이 아들 혁에게 젖을 물린 모습이 떠올랐다.

미순이 오월의 달빛 아래 찬란하게 서 있었던 때만큼

예쁘게 보였던 때가 두어 번 더 있었다. 어느 날 호일이 외지 공사장에서 며칠간의 일을 마치고 돌아오는 날 미순은 한 손으로는 앞으로 쏟아질 것 같은 불룩한 배를 붙잡고 다른 한 손으로는 허리를 받치고 마을 어귀 느티나무 앞에 서 있었다. 호일은 두둑한 품삯과 읍내에서 산 돼지고기 두 근을 들고 막걸리에 취한 채 휘청거리며 마을에 들어섰다. 미순의 얼굴은 살이 통통 부어올라 보름달보다 크게 보였지만 호일의 아이를 뱃속에 품은 미순은 그 이상 아름다울 수가 없었다. 또 한 번은 아들 혁에게 젖을 물린 미순의 모습이었다. 젖을 빠는 혁은 하늘에서 내려온 천사의 모습이었지만, 그 천사를 팔에 안고 상의를 들춰 젖을 물리고 있는 미순의 모습 역시 호일이 이제껏 경험해보지 못한 충만한 행복감을 주었다.

"김 상병, 김 상병"

아주 먼 곳에서 급박하게 호일을 부르는 소리가 들렸다. 가까스로 눈을 뜨자 소대장은 바로 코앞에서 눈을 부릅뜨고 호일을 부르고 있었다. 하지만 방금 겪은 폭발 때문인지 호일에게는 강 건너편에서 부르는 것처럼 멀리만 느껴졌다. 소대장의 표정은 다급했지만 호일은 그저 잠들었으면 하는 마음뿐이었다. 그리고 소대장이 어서 자리를 비켜 보름달 아래서 한 번이라도 더 가족들과의 추억을 되새겨보고 싶었다. 하지만 소대장은 호일을 포기하지 않았다. 소대장은 호일의 복부를 내려다보더니 호일의 쏟아져버린 내장을 원래 있던 자리에 쓸어 담기 시작했다. 파편에 맞아 뱃살이 찢겨나간 호일은 아무 고통도 느낄 수 없었고 소대장의 시도가 부질없게만 느껴졌다.

탕, 소리가 들렸다. 호일의 소원을 들어주기라도 하듯 총소리와 함께 소대장의 왼쪽 머리에선 핏물이 오른쪽 머리에선 핏덩어리들이 흘러내리기 시작했다. 소대장은 초점이 풀린 눈으로 잠깐 호일을 바라보더니 호일의 곁에 푹 쓰러졌다. 소대장이 비키고 잠깐 보름달이 보이다가 까무잡잡한 키 작은 남자가 달을 가리고 서서 호일을 내려다보았다. 남자는 호일의 얼굴에 총구를 겨누었다. 방아쇠에 손가락을 걸던 남자는 호일의 복부를 보더니 이내 입가에 살짝 웃음기를 보이고는 총을 거두고 저편으로 걸어가기 시작했다.

달빛이 호일의 얼굴에 소나기처럼 쏟아져 내렸다. 베트남에 올 무렵 아들 혁은 걸음마를 익히고 있었다. 느티나무 아래에서 아장아장 걷기와 넘어지기를 반복하던 혁의 모습이 떠올랐다. 호일이 이곳에 온 건 베트남이 불렀기 때문이 아니었다. 호일을 이곳에 부른 사람은 혁이었다. 베트남은 혁에게 약속의 땅이었다. 학비가 없어 중학교도 제대로 마치지 못한 호일에게 인생은 하루살이의 삶일 뿐이었다. 하지만 혁이 태어나자 갑자기 다른 생각과 다른 미래가 호일의 마음을 지배하기 시작했다. 호일은 막일꾼이지만 혁은 신사복을 입은 젠틀맨이 되어야 했다. 호일은 아내에게 고깃국을 먹이기 위해 날일을 하지만 혁은 피아노를 연주하는 부잣집 딸들의 간절한 구애를 받을 것이었다. 호일은 시멘트와 모래를 섞으면서 벽돌공을 돕지만 혁은 나중에 커다란 건설회사의 사장이 될 참이었다. 베트남은 그런 씨앗을 뿌리는 땅이었다.

저만큼 걸어가던 남자가 멈춰 섰다. 그는 무엇인가를 깜빡 잊었다는 듯이 돌아왔다. 그리고는 호일의 입에 총구를 들이밀었다. 총구가 입에 닿자 호일의 눈앞에는 수많은 정겨운 추억들이 순식간에 펼쳐졌다. 미순이 혁을 등에 업고 어르는 모습, 미순의 아버지와 동생이 혁을 무등 태워주는 모습, 혁이 엉금엉금 기어가 호일의 담배를 움켜쥐고 먹으려 하는 모습, 혁이 누워서 호일을 향해 방긋방긋 웃는 모습, 수많은 이미지들이 펼쳐졌다가 사라졌다. 남자가 총구를 입 안으로 쑤셔 넣자 호일은 멋진 신사복을 입은 혁의 모습을 떠올렸다. 혁은 어느새 어른이 되어 칼라가 넓은 줄무늬 신사복을 입고 활짝 웃으며 미순 옆에 서 있었다. 그 뒤로 사람들의 수많은 희망이 걸린 느티나무와 호일을 부르는 아버지의 모습이 겹쳐졌다. 호일의 두 눈에서 걷잡을 수 없이 눈물이 흘러내리자, 남자는 씨익 웃더니 장난스럽게 방아쇠를 당겼다.

❖

나는 마음속에서 눈물을 펑펑 쏟았다. 그의 아버지의 비극적인 최후는 마치 내가 직접 목격한 듯 눈앞에서 생생했다. 나는 한편으로는 그도 그 얘기를 들을 수 있었는지 궁금했다. 그는 버들가지를 몇 개 제치고 나아가다가 나를 강변에 내려놓았다. 그러더니 그도 강변에 앉아 무릎 속에 얼굴을 파묻었다.

그의 어깨가 들썩이기 시작했다.

그가 그 얘기를 들었는지 나는 정말 궁금했지만, 그는 격렬하게 흐느끼며 누군가를 부르고 있었다. 그는 아버지를 불렀다. 한참 후에는 어머니를 부르기 시작했다. 그는 마침내 소리 내어 울었다. 그는 부끄러움도 잊은 채 어린아이처럼 펑펑 울었다. 오리 사냥개는 끊임없이 그의 다리에 머리를 비비며 낑낑거렸다. 하지만 그는 아랑곳하지 않고 얼굴을 파묻고 울기만 했다.

오랜 시간 그는 흐느꼈다.

나는 그의 지나온 삶을 마음속에서 되새겨보았다. 그는 그렇게 긴 시간 동안 서러워할 만한 인생을 살았다. 나는 그가 그렇게 실컷 울고 나서 새로운 삶을 시작하기를 간절히 바랐다. 사람은 눈물로써 망각의 강을 지나야 한다. 마음은 기억을 먹고 살지만 건강한 마음은 망각도 먹고 살아야 한다. 나는 소망했다. 그가 이 눈물로서 모든 상처를 잊고 새로운 출발을 하기를.

그가 고개를 들었다.

오리 사냥개가 그의 다리에 몸을 비비자 그는 오리 사

냥개의 목덜미를 만져주었다. 오리 사냥개는 낑낑거리며 더욱 살갑게 다가들었다. 그는 한참 동안 오리 사냥개를 쓰다듬다가 다시 강물을 바라보았다. 강물을 바라보는 그의 눈에서 언뜻 그리움이 보였다. 그가 그렇게 갈망하던 어떤 의미를 찾았는지는 몰라도 그의 눈빛에서 달라진 건 하나 있었다. 그는 더 이상 허수아비의 눈빛을 내보이지 않았다.

그는 한참 후 나를 바라보고 빙그레 웃었다. 처음으로 보는 그의 웃음이었다. 그의 웃음에서 나는 어린 진혁의 순수한 웃음을 보았다. 나는 그가 인호와 함께 학교 스탠드에 앉아 별을 보며 시와 인생을 논하는 모습을, 그리고 그가 선주를 자전거에 태우고 동네를 달리는 모습을 떠올려 보았다.

"허, 너를 볼 때마다, 엄마, 아버지 생각이 나는구나."

그가 내 눈을 들여다보면서 말했다.

나는 그에게 밝히고 싶었다. 그건 바람이 전해 준 얘기이지 내가 들려준 얘기가 아니라고. 나는 다른 사람의 공을 가로채고 싶지는 않다고.

"그래, 사람이 아닌 너도 이렇게 의젓한데 말이다. 나는 내 자신을 이기려고 그렇게 싸우면서 살아왔던 모양이구나."

　나는 그에게 사람이기 때문에 의미를 찾는다고 말해주고 싶었다. '나'라는 생각을 가진 사람이니까 살아야 할 의미를 찾는 법이라고 말해주고 싶었다. 그리고 '나'라는 생각을 가진 이상 살아야 할 의미가 그 안에 담겨 있다고 말해주고 싶었다.

　곰곰이 생각해 보면 사람들의 삶이란 그런 거였다. 사람들은 이미 살아야 할 의미를 획득하고 있었다. 사람들은 살아야 할 의미가 없다고 괴로워하지만 그 과정에서 이미 삶의 의미를 찾아내고 있었다. 니힐리즘이라 하소연하면서 삶의 무의미를 말하지만 그들은 니힐리즘이 곧 삶의 의미임을 잊고 있었다. 그들은 의미로 가득 찬 의미의 존재들이었고, 너무나 많은 의미를 가진 나머지 의미가 없다는 생각에 빠져있는지도 몰랐다. 감나무 아주머니의 말과 달리 인간은 질병이 아니라, 인간은 의미이고 인간 자체가 존재의 이유였다. 그런 생각에 이르자 나는 그가, 그리고 모든 사람들이 새삼스레 다시 부러워졌다.

　그는 걷기 시작했다.

　그는 이번에는 강물이 아니라 반대편을 향해 걸었다. 나는 이번에도 거꾸로 매달려가면서 흔들리는 세상을 감상했다. 해는 이미 중천에 떠올랐다. 그는 이제 마음을 바꾸어먹었을까? 그는 이제 자신의 의미를 발견했을까? 물론 의미를 발견했다 하더라도 그가 다시 새로운 의미를 찾아 여행을 계속하리라는 생각이 들었다. 사람은 결국 끝없는 여행을 하는 존재였다. 사람들의 의미는 그런 여행을 하는 데에 있었다. 그게 감나무 아주머니의 말대로 참된 자아를 찾는 과정이든, 아니면 자아를 질병으로 보고 그것을 극복하려 하는 과정이든, 어쨌든 끝없는 여행이 예정되어 있는 존재가 바로 인간이었다.

동네 어귀에 이르자 그가 갑자기 멈추어 섰다.

그는 또 본래의 생각대로 강물에 뛰어들고 싶어졌을까? 하지만 나는 그가 강변에서 흘린 눈물로 충분히 자신의 비극을 씻어냈으리라 확신했다. 내 마음을 읽었는지 오리 사냥개도 그를 따라 멈추지 않고 저 멀리 앞서 뛰어나갔다.

동네 입구에 사람들이 보였다.

남녀 한 쌍이 주차된 승용차 옆에서 뛰어노는 사내아이 하나를 붙잡으려 애쓰고 있었다. 갸름한 얼굴에 두툼하고 까만 뿔테 안경을 쓴 남자는 방향을 가리지 않고 뛰어가려는 아이를 붙잡고 말리느라 바빴다. 아이의 엄마인 듯싶은 여자는 아이를 힐끗거리면서 마을 여기저기를 둘러보았다. 그녀는 한참 두리번거리다가 진혁 아저씨를 보았다.

그녀는 손을 흔들며 진혁 아저씨를 향해 뭐라고 소리쳤다. 멀리서 들려오긴 했지만 그건 아빠를 부르는 소리이거나 오빠를 부르는 소리였다.

"어, 선주야."

진혁 아저씨는 혼잣말로 짧게 그렇게 말했다. 하지만 그가 어린 시절 늘 불렀던 그 이름에는 정겨움과 기쁨이 자연스럽게 묻어났다. 그가 잰걸음으로 걷기 시작했다. 그의 발걸음에서 신바람이 느껴졌다. 한참 잰걸음으로 달리다시피 하던 그가 다시 잠깐 멈추어 섰다.

"인호도 왔고…."

그는 그렇게 말했다.

그러고 나서 달려가려 하던 그의 걸음이 동네 입구 개울 위에 놓인 시멘트 다리 위에서 갑자기 멈췄다. 나는 깜짝 놀랐다. 그는 다급하게 멈춰 섰고 으스러져라 내 허리를 움켜쥐었다. 그가 나를 쥐고 있던 손힘이 너무 강했기 때문에 나는 숨이 멎는 것만 같았다.

나는 정신을 가다듬고 다리 건너편을 바라보았다. 두 남녀와 아이 뒤편에 서 있던 자동차 뒷좌석에서 젊은 여자가 천천히 문을 열고 내렸다. 긴 생머리가 그녀의 얼굴 앞쪽으로 떨어졌고, 이어서 그녀가 다리를 내밀고 밖으로 나왔다. 차 밖으로 나와서 일어서는 그녀의 모습은 어딘지 모르게 조금 불편해 보였고 걸음을 내딛는 모양도 엇박자를 내는 듯 부자연스러웠다. 나는 단박에 그녀가 누구인지 알 것 같았다.

　"수진아."

　진혁 아저씨의 목이 메어왔다.

　그는 잠깐 숨을 쉬지 못했다. 수진의 이름을 부르는 순간 그가 얼마나 나를 꽉 움켜쥐었던지 조금만 더 세게 쥐었더라면 내 허리가 부러졌을 성 싶었다. 나는 제발 그가 나를 놓아주기를 바랐다. 그가 그토록 그리워하던 딸아이를 만나는 게 나도 무척 반가웠지만 내 몸은 그가 나를 개울물에 던져주기를 바라고 있었다.

　그는 달리기 시작했다.

　그의 거친 호흡소리가 손아귀를 통해 내 온몸에 전해졌다. 그는 달려가면서 갑자기 나를, 내 눈을 쳐다보았다. 그리고는 나를 향해 "친구, 고마워."라고 말하는 듯

입술을 달싹거렸다. 나는 그 말을 듣지는 못했다. 하지만 진혁 아저씨는 틀림없이 그렇게 말했으리라. 어쨌든 그는 그렇게 잠깐 쳐다보더니 나를 다리 난간 너머로 멀리 던져주었다.

바다를
향해

나는 공중에서 몇 차례 빙글빙글 돌았다.

하늘을 나는 내 눈에 선주 아줌마의 볼 위로 흐르는 굵은 눈물이 보였다. 한 바퀴를 더 돌자 수진을 끌어안은 진혁 아저씨의 뒷모습도 보였다. 오리 사냥개는 사내아이를 향해 펄쩍펄쩍 뛰어올랐고, 인호 아저씨는 진혁 아저씨의 어깨를 토닥거리고 있었다.

나는 한참 동안 하늘을 날았다.

창공을 나는 기분이란 말로 표현하기는 어렵지만, 자유롭다는 느낌과 더불어 내가 무엇이라도 이룰 수 있고 무엇이라도 될 수 있다는 환상을 함께 심어 주었다. 허공에서 커다란 타원형을 그리면서 서서히 바람과 공기 사이로 떨어지는 그 시간이 실제보다도 길게 느껴졌는데, 그사이 나는 금방이라도 내가 사람이 될 것만 같은 고양된 감정을 만끽했다.

철퍼덕 소리와 함께 나는 물 위로 떨어졌다.

내 몸은 빙글빙글 돌면서 잠깐 물속으로 빨려 들어갔다. 황토물 속에서 물고기들이 즐겁게 유영하는 모습이 보였다. 물속에 빠지자마자 나는 내가 물고기들처럼 자유로운 존재가 아니라는 사실을 금방 깨달았지만, 그래도 나는 그들이 보지 못한 하늘도 보았고 그들이 모르는 삶과 존재의 의미도 알았다고 스스로를 위로했다. 나는 물고기들과 눈인사를 하면서 서서히 물 위로 떠올랐다.

물은 거침없이 흘러갔다.

이제 다시 자유의 항해가 시작된 것이다. 개울물은 조그마한 바위들과 낮은 개천 바닥에 이리저리 거칠게 부딪히면서 굽이굽이 흘러갔다. 내 몸도 덩달아 여기저기에 계획 없이 부딪혔다. 나는 사실 그런 느낌이 싫지 않았지만, 거기에 더해 새로이 바다를 향해 간다는 희망이 생기자 모든 것이 아름답고 긍정적으로만 다가왔다.

나는 강을 향해 나아갔다.

이런 작은 개울물이 모여 강물이 되고 또 강물이 모여 바다를 이룰 것이다.

바다는 어떤 모습일까?

기대감이 점점 커져갔다. 바다는 끝없이 넓으리라. 나와 너와 우리 모두를 다 아우르는 모습일 테고, 모든 것의 근원이며 세상의 영원한 어머니이리라. 나는 아침에 보았던 해돋이를 떠올렸다. 드넓은 바다, 모든 존재의 어머니 바다 위로 해가 떠올라 온 세상을 비추는 장면을 상상으로 그려 보았다.

바다를 향해 떠내려가면서 내가 이미 내 스스로의 주인이라는 생각이 들었다. 진정한 나를 찾아 끝없이 여행하는 사람들처럼 내가 바다를 향한 여행을 이어가는 한, 이미 나는 내 자신의 주인이라는 그런 생각이 든 것이다. 사람들이 의미를 찾아 여행을 계속하듯, 나는 바다를 향해 머나먼 여행을 떠나지 않는가.

나는 다시금 마음속에 바다를 그렸다.

그리고 가을 하늘을 올려다보았다.

개인의 자유와 다양성이 중요시되는 이 시대에 인간의 본질적인 면에 대해서 얘기한다는 것은 조심스러울 수밖에 없는 일이다. 본질이라 말하면 조금은 구시대적으로 느껴지기 때문이다. 그럼에도 필자는 우리에게 작지만 소중한 본질이 있다고 믿고 있으며, 이 책에서 그런 본질에 대한 짧은 대화를 시도해 보았다.

필자는 현대철학에 있어서 인간 실존의 소중함에 대한 강조가 부족하다는 생각을 하고 있다. 사실 철학적 통찰들은 때로는 개인들에게 좌절감을 불러일으키는 경우가 많다. 예를 들자면, 하이데거는 우리의 자아인 현존재의 내용에 본인의 소유라 할 만한 게 없다 말하고 있고, 비트겐슈타인과 분석철학자들은 우리의 사고가 공동체의 산물로서 개별적으로는 성립조차 불가능하다는 점을 논증하고 있다.

위대한 철학자들의 통찰이 타당함은 말할 필요도 없겠지만, 필자는 그래도 철학의 존재 이유는 바로 존재의 이유를 밝히는 데 있다고 생각한다. 그리고 나머지 성과들은 그 디딤돌 역할을 하여야 한다고 믿고 있다. 더불어 존재의 이유는 인간의 자아와 필연적으로 연결되며, 인간 자아가 공동체의 산물이라 하더라도 자아야말로 사유와 존재의 근원이라는 점을 설명할 수 있어야 한다고 생각한다. 철학은 체계에 의해 형성된 자아가 체계와 자아 자신에 대해 질문하고 성찰하는 과정이기 때문이다.

철학적 질문과 현실적 삶은 씨줄과 날줄처럼 우리의 삶 속에 얽혀있다. 실용주의나 행동주의 계열의 철학자들은 철학이 필요 없다는 주장까지 하고 있고, 보통 사람들의 삶에 있어서도 철학은 지적 유희에 불과한 것처럼 들리기 쉽다. 하지만 철학을 실용성만으로 재단해야 한다는 그 말 자체가 사실은 철학적 주장이다. 그리고 삶에 치일수록 우리는 사유와 철학을 먹고 살아야 한다. 삶의 분투와 더불어 삶의 의미 자체를 우리 스스로 만들어 내야 하기 때문이다. 우리는 의미를 만들어 내고 또 그 의미에 대해 의미의 의미를 묻는 존재들이다.

만일 과학적 탐구가 우주의 근원을 밝혀내거나 인간

의 창조 또는 진화의 비밀을 다 밝혀내게 되면 우리는 자아와 의미에 대한 철학적 탐색을 마치게 될까? 그렇게 생각하는 사람들도 물론 있다. 하지만 우리가 외계인의 유전자조작에 의해 생겨났다고 우스운 가정을 해보자. 그러면 우리는 삶의 의미에 대한 질문을 그치게 될까? 아닐 것이다. 틀림없이 우리는 그 유전자조작의 의미에 대해 물을 것이다. 그리고 외계인의 본뜻이 무엇인지 묻고 싶을 테고, 더 나아가 삶의 근원적 의미가 무엇인지에 대해서도 여전히 물을 것이다. 그렇다면 우리는 물리적 탄생의 원인보다는, 철학적, 형이상학적 존재의 이유에 천착하는 존재임에 틀림없다.

또한 우리가 생물학적으로는 동물임에도 불구하고 철학적 질문을 던지고 있고, 우리의 과학적 탐구가 종착점에 이르더라도 여전히 형이상학적 탐구를 이어가리라는 점에 비추어 본다면, 우리의 사고체계가 개인들 고유의 것이 아니라 언어공동체와 역사에 의해 주어진 것이라는 사정 역시 우리의 철학적 대화를 막을 합당한 이유가 되지 못한다. 진리나 존재의 이유에 대한 질문들을 논리적 오류로 치부하는 견해들이 있어 왔지만, 이는 물리학이나 생물학이 완성되면 철학이 필요 없게 되리라는 자연과학자들의 섣부른 오해를 철학의 영역에서 반복하고 있는 셈이다. 형이상학적 질문들은 오히려 체계 자체와 자아 자신에 대한 필연적이며 근원적인 질문이라 해야 한다.

자아를 추구하며 그 의미를 탐색해가는 허수아비와, 삶의 의미를 찾지 못해 죽음으로써 의미를 회복하려는 진혁을 통해, 필자는 이 책에서 자아와 존재의 의미에 대한 대화의 기회를 가지고자 했다. 그런 시도가 성공했는지는 독자들의 판단에 달려 있지만, 그 여부를 떠나 미흡한 글을 끝까지 읽고 여정을 함께 해주신 독자들께는 진심으로 감사의 마음을 전하고 싶다.

더불어 부족함이 많은 이 책의 출간을 허락해주신 지식공감 김재홍 대표께 깊은 감사의 말씀을 드린다. 또 멋진 삽화로 책에 생명을 불어넣어준 이하림 씨에게도 고마움의 인사를 전하며, 집필과 인생의 여러 면에서 언제나 격려와 조언을 아끼지 않은 최용성 선배님과 김천욱 작곡가 선생님께도 고마움의 뜻을 전하고 싶다.

마지막으로 늘 내 글을 따뜻한 공감과 사랑으로 지켜봐 주고 교정의 수고까지 아끼지 않은 아내에게 진심으로 사랑과 감사의 말을 전한다.